U0076851

化作春泥更護花

宋元明清詩選

編者序

現代人讀詩的美感經驗多從唐詩出發，唐詩的選錄尤以清朝孫洙所編的《唐詩三百首》為大家所知。唐代終結於晚唐，其詩作又以李商隱唯美幽微，詩旨深奧的〈無題〉為代表，形成古典詩作精深難窺其堂的印象銘刻於讀者的心中。

此次輯錄《宋元明清詩選》則有意開拓讀詩的視野，以「簡樸易讀」為選詩尺度。所選的詩作與註解盼能讓攬卷者「一望即知」。配合選本輕薄小巧的設計，適合隨人時地供信手啄飲詩境。然而，雖本次選詩有意與李義山因難見巧的典雅詩風作別，其中亦不乏表面淺白，寓意厚沉的佳作值得讀者細細玩味。

例如宋王安石〈書湖陰先生壁〉：「茅檐長掃淨無苔，花木成畦手自栽。一水護田將綠繞，兩山排闥送青來。」看似寫置身田園的閒情雅致，實則在詩律精工的基礎上，化用《漢書》中〈西域傳〉與〈樊噲傳〉兩傳表達心懷家國的深摯之情。可稱宋代將書卷哲思融入生活的代表作。不僅融情於景，更在哲理走出新的一段路程。

元王冕〈墨梅〉：「我家洗硯池邊樹，朵朵花開淡墨痕。不要人誇好顏色，只留清氣滿乾坤。」中「不要人誇好顏色，只留清氣滿乾坤。」精神與天地往來獨立的詩境，字面近於白話，卻為後世無數人一生中挫敗時提供信念挺立的厚實基礎。使讀者對讀《儒林外史》時，王冕的人格形象更為立體生動。

明唐寅〈臨終詩〉：「生在陽間有散場，死歸地府也何妨。陽間地府俱相似，只當漂流在異鄉。」中國歷代深受儒家「不知生焉知死」及「知其不可而為之」積極入世奮鬥的精神影響，大多的作品總是凝視生老病的順逆哀樂，唐伯虎則是勇敢站在生命的終點回望生命的樣貌，展現對現世生命的豁達與理解。

清龔自珍以〈己亥雜詩〉聞名詩壇。其中〈己亥雜詩其十七〉：「少年哀樂過於人，歌泣無端字字真。既壯周旋雜痴黠，童心來復夢中身。」寫人在成長社會化過程必然經歷的失落。少時哀樂無須理由，直抒胸臆。長大後為生活周旋，天真漸失雜有痴黠，但詩人在夢中始終未忘卻赤子情懷，讀來令人感動落淚。

因而再品讀〈己亥雜詩其五〉：「落紅不是無情物，化作春泥更護花。」更能體會龔自珍對人世滿懷的柔情與珍重。故特選為本書書名，以表達人人出版社《人人讀經典》系列古典詩作與現代生活相互輝映，在繁忙中得以偷得清閒，撫慰人心的殷殷祈願。

【目錄】

化作春泥更護花
宋元明清詩選

卷一◉宋詩

卷三◉明詩

卷四◉清詩

【卷二】

宋詩

口占答宋太祖述亡國詩

花蕊夫人

君王城上豎降旗，妾在深宮那得知。
十四萬人齊解甲，寧無一個是男兒。

花蕊夫人—後蜀孟昶的寵妃，能詩善文，後蜀降宋時，太祖趙匡胤聞花蕊夫人美貌有才名，命她現場作詩。

君王—指孟昶投降於趙宋。

解甲—戰敗脫下盔甲。

雨夜【其二】

張詠

簾幕蕭蕭竹院深，客懷孤寂伴燈吟。
無端一夜空階雨，滴破思鄉萬里心。

蕭蕭—形容風聲。

無端—沒有來由，因作者思鄉，心緒煩悶，更覺雨聲擾人。

夏日

寇準

離心杳杳思遲遲，深院無人柳自垂。
日暮長廊聞燕語，輕寒微雨麥秋時。

離心—作者被貶後離開相位，心情鬱抑難平。

遲遲—思考變得遲緩。

麥秋—初夏時節。農曆四、五月正是秋天播種的冬小麥成熟時。

微涼

寇準

高桐深密間幽篁，乳燕聲稀夏日長。
獨坐水亭滿袖風，世間清景是微涼。

間——音建。夾雜。
幽篁——深幽的竹林。
乳燕——雛燕。

春陵聞雁

寇準

蕭蕭疏葉下長亭，雲澹秋空一雁經。
惟有北人偏悵望，孤城獨上倚樓聽。

春陵—在湖南寧遠西北。寧遠屬道州，作者曾貶道州司馬。

澹—清靜、淡薄。

樓—城樓。

柳枝詞

鄭文寶

亭亭畫舸繫春潭，直到行人酒半酣。
不管煙波與風雨，載將離恨過江南。

繫——意思裡包含著楊柳。古代有折柳贈別的風俗，詩裡所說的那條油漆得花花綠綠的船，正拴在河邊楊柳樹上。

寒食

王禹偁

今年寒食在商山，山裡風光亦可憐。
稚子就花拈蛺蝶，人家依樹繫鞦韆。
郊原曉綠初經雨，巷陌春陰乍禁煙。
副使官閒莫惆悵，酒錢猶有撰碑錢。

寒食—清明前二日。古代風俗，這幾天不舉火，只吃冷東西，就是這首詩第六句所謂「禁煙」。

商山—陝西商縣。淳化二年，王禹偁得罪了宋太宗，被貶為商州團練副使，從此就常有憶戀首都汴梁的詩。

「今年」句—透露出作者去年的寒食節還是在汴梁過的。自唐至宋，寒食清明是游玩宴會的好日子，宋代思想家邵雍的《春游》詩第一句就說「人間佳節唯寒食」。

可憐—可愛的意思。

撰碑錢—替人家作了碑記、墓誌銘等文章的稿費，當時所謂「潤筆」。

村行

王禹偁

馬穿山徑菊初黃，信馬悠悠野興長。
萬壑有聲含晚籟，數峰無語立斜陽。
棠梨葉落胭脂色，蕎麥花開白雪香。
何事吟餘忽惆悵，村橋原樹似吾鄉。

「馬穿」二句——指出閒行的時、地和心情。信馬，隨馬任意行走。野興長，郊遊的興趣很濃。
壑——山溝。
晚籟——傍晚時因風吹而從孔穴中發出的聲音。
棠梨——即杜梨，落葉喬木。
白雪——蕎麥開白花。

清明

王禹偁

無花無酒過清明，興味蕭然似野僧。
昨日鄰家乞新火，曉窗分與讀書燈。

蕭然——空寂的樣子。

山園小梅

林逋

眾芳搖落獨暄妍，占盡風情向小園。
疏影橫斜水清淺，暗香浮動月黃昏。
霜禽欲下先偷眼，粉蝶如知合斷魂。
幸有微吟可相狎，不須檀板共金樽。

暄妍—這裡是明媚的意思。

「占盡」句—正因眾芳搖落，才能占盡風情。

疏影—指梅枝。

黃昏—這裡指月色朦朧，與上句清淺相對。

霜禽—羽毛白色的禽鳥，和下句的粉蝶，都是襯托梅花之白。

合—應當。

斷魂—猶言心神迷亂。

狎—相親。

檀板金樽—比喻世俗喜愛的聲色宴飲。檀板，用檀木做的拍板，這裡泛指樂器。

秋江寫望

林逋

蒼茫沙嘴鷺鷥眠，片水無痕浸碧天。
最愛蘆花經雨後，一篷煙火飯漁船。

沙嘴—沙灘口。
篷—一艙。船頂蓋，借指船。
飯—這裡指燒飯。

勸學詩

趙恆

富家不用買良田，書中自有千鍾粟。
安居不用架高堂，書中自有黃金屋。
出門莫恨無人隨，書中車馬多如簇。
娶妻莫恨無良媒，書中自有顏如玉。
男兒若遂平生志，六經勤向窗前讀。

趙恆—年號宋真宗，原名趙德昌，北宋的第三位皇帝。

千鍾粟—指優渥的糧俸。

簇—群集，計算群集的單位。

「六經」句—宋朝禮遇士人，宋太祖曾令君臣共治天下。一切抱負都可藉由讀書實現。

江上漁者

范仲淹

江上往來人，但愛鱸魚美。
君看一葉舟，出沒風波裡。

但─只。
一葉舟─捕魚人器用的簡陋單薄。
風波─波濤。此為作者關心人民營生之苦，為其發聲。

金燈花

晏殊

蘭香爇處光猶淺，銀燭燒時焰不馨。
好向書生窗下種，免教辛苦更囊螢。

爇—音熱。點燃，放火燃燒。
馨—散布很遠的香氣。
囊螢—晉朝車胤讀書勤奮，家貧不常得油，夏天用白絹袋裝盛數十螢火蟲以照書，夜以繼日。

無題

晏殊

油壁香車不再逢，峽雲無跡任西東。
梨花院落溶溶月，柳絮池塘淡淡風。
幾日寂寥傷酒後，一番蕭瑟禁煙中。
魚書欲寄何由達，水遠山長處處同。

油壁香車—古代婦女的車上會塗刷上油漆，此處借代女子。

溶溶—月色如水般流動。

傷酒—飲酒後傷感而寂寞。

禁煙—寒食節於清明節前，為紀念介之推，每年此時不得生火，又稱禁煙節。

何由—從何處、用什麼辦法。

水遠山長—形容路途遙遠、山川阻隔，書信無法送達。

示張寺丞王校勘

晏殊

元巳清明假未開，小園幽徑獨徘徊。
春寒不定斑斑雨，宿酒難禁灩灩杯。
無可奈何花落去，似曾相識燕歸來。
遊梁賦客多風味，莫惜青錢萬選才。

王校勘—本名王琪，字君玉，曾任江都主簿，晏殊出巡揚洲時，見壁上諸多題詩，命隨從逐一念出，念到王琪詩時覺得甚好，便召之共論詩詞，成為忘年之交。有次晏殊詢問王琪，自己有句「無可奈何花落去」，經年苦思不得下句，王琪思索後答：「何不對『似曾相識燕歸來』？」晏殊聽後拍案叫絕，於此詩中初次用出。

元巳—已經。

斑斑雨—連綿細雨。

灩灩—滿溢狀。

「無可奈何」句—花朵飄零暗指時間推移，時光不再是人間最無可奈何的事。

「似曾相識」句—相似即是不似，景物彷彿依舊，但一切畢竟不再相同。

遊梁—漢時梁孝王好賓客，作者用以自比。

風味—才情。

落花

宋祁

墜素翻紅各自傷，青樓煙雨忍相忘。
將飛更作迴風舞，已落猶成半面妝。
滄海客歸珠有淚，章臺人去骨遺香。
可能無意傳雙蝶，盡付芳心與蜜房。

墜素翻紅—墜落的白花與凋謝的紅花，以花比喻美人。

忍相忘—不忍相忘。

迴風舞—古小說《洞冥記》載，漢武帝宮人麗娟在芝生殿唱《迴風曲》，花皆紛紛墜落。

滄海—化用李商隱〈無題〉：「滄海月明珠有淚，藍田玉暖日生煙」，鮫人泣淚成珠，於月明團圓日，更增悲傷。

章臺—妓院。

傳—招來。

宿甘露城僧舍

曾公亮

枕中雲氣千峰近，床底松聲萬壑哀。

要看銀山拍天浪，開窗放入大江來。

甘露—甘露寺，座落長江旁的北固山，以劉備招親的故事聞名。

「枕中」二句—作者雖已就寢，但夜晚有雲霧飄進，窗外是風吹過松樹與山間的蕭蕭聲。

銀山—浪濤拍天的樣子如同山一樣高。

子規

一叫一春殘，聲聲萬古冤。
疏煙明月樹，微雨落花村。
易墮將乾淚，能傷欲斷魂。
名韁慚自束，為爾憶家園。

餘靖

春殘—春光在鳴叫聲中消逝。

名韁—將功名看作綑綁自身的韁鎖。

憶家園—因蒙冤欲離開名利場，歸返家園。

陶者

陶盡門前土，屋上無片瓦。
十指不沾泥，鱗鱗居大廈。

梅堯臣

陶—挖土以燒製瓦器。
無片瓦—製瓦者陶盡自家門前土卻無瓦可用。
十指—社會居上位者。
鱗鱗—指樓廈如鱗片般整齊有序。

送門人歐陽秀才游江西

梅堯臣

客心如萌芽，忽與春風動。
又隨落花飛，去作西江夢。
我家無梧桐，安可久留鳳。
鳳巢在桂林，烏哺不得共。
無忘桂枝榮，舉酒一以送。

梧桐──古時認為鳳凰只棲梧桐樹，喻品類不凡者。

烏──烏鳥，與鳳凰相對比。

桂枝──以前科舉放榜正逢桂花開，故登科又稱折桂。

戲答元珍

歐陽修

春風疑不到天涯，二月山城未見花。
殘雪壓枝猶有橘，凍雷驚筍欲抽芽。
夜聞歸雁生鄉思，病入新年感物華。
曾是洛陽花下客，野芳雖晚不須嗟。

元珍—丁寶臣，字元珍。

天涯—指貶官遙遠。春風在此指君恩。

山城—夷陵縣面江背山，故稱山城。

殘雪—雪漸消融，言冬末春初。

凍雷—冬末春初打雷，氣溫仍凍。

「病入」句—生病感人壽有限，時時削減與新春華美之景產生對比，更生感慨。

「曾是」句—作者曾在洛陽為官，鑑賞牡丹。

「野芳」句—因曾見牡丹，雖不見野花亦無需嘆息，為寬慰自我之語。

豐樂亭遊春【三首】

歐陽修

其一

綠樹交加山鳥啼，晴風蕩漾落花飛。
鳥歌花舞太守醉，明日酒醒春已歸。

蕩漾—振動起伏，喻風聲。
太守—歐陽修曾任滁州太守，便以此自稱。

其三

紅樹青山日欲斜，長郊草色綠無涯。
遊人不管春將盡，來往亭前踏落花。

「遊人」句—以「不管」及「春盡」相對照，說明春遊興致之高。

夢中作

歐陽修

夜涼吹笛千山月，路暗迷人百種花。
棋罷不知人換世，酒闌無奈客思家。

「**棋罷**」句—用王質爛柯典故。《述異記》載，晉代王質入山砍柴，逢二童子對弈便置斧觀看，童子給王質一棗核含於嘴中，待棋局罷，王質發現斧已腐爛，原來他誤入仙境早已過百年。以此比喻人世汰換，後人便把圍棋又稱爛柯。

酒闌—酒席將盡。

客思家—雖然想超脫，但難忘人世，思鄉之情油然而生。

唐崇徽公主手痕和韓內翰

歐陽修

故鄉飛鳥尚啁呼，何況悲笳出塞愁。
青塚埋魂知不返，翠崖遺跡為誰留。
玉顏自古為身累，肉食何人與國謀。
行路至今空嘆息，岩花澗草自春秋。

唐崇徽公主—唐代宗時與回紇和親，嫁與可汗。隱喻宋朝的和親政策。

笳—軍中所吹樂器，聲音悲壯。

青塚—相傳為王昭君賽外長滿青草的墳墓。

肉食—指當權享富貴者。

春秋—季節無情地交替，隱喻宋朝國事的變化與衰頹。

過蘇州

蘇舜欽

東出盤門刮眼明，蕭蕭疏雨更陰晴。
綠楊白鷺俱自得，近水遠山皆有情。
萬物盛衰天意在，一身羈苦俗人輕。
無窮好景無緣住，旅棹區區暮亦行。

盤門—蘇州城西南門。初名蟠門，後因此地水陸縈回曲折，改稱盤門。

刮眼明—景物格外美好，使眼界開朗。唐韓愈〈過襄城〉詩：「郾城辭罷過襄城，潁水嵩山刮眼明。」

更—改變。

自得—自己得意舒適。

盛衰—興盛與衰敗。

羈苦—客居困頓。

俗人輕—被世俗之人所看輕。

住—留住。

無窮—一作「無情」。

旅棹—客船。

區區—形容旅途勞累困頓。

哭曼卿

蘇舜欽

去年春雨開百花，與君相會歡無涯。
高歌長吟插花醉，醉倒不去眠君家。
今年慟哭來致奠，忍欲出送攀魂車。
春輝照眼一如昨，花已破蕾蘭生芽。
唯君顏色不復見，精魂飄忽隨朝霞。
歸來悲痛不能食，壁上遺墨如棲鴉。
嗚呼死生遂相隔，使我雙淚風中斜。

曼卿—作者友人，本名石延年，字曼卿，官至太子中允、秘閣校理。

攀魂車—心神繫於送別遠去的靈車。

「春輝」句—隨著時間推移，對比故人已逝，永遠被遺留在過去。

顏色—面容，指再也看不到曼卿。

遺墨—壁上題詩。

夏意

蘇舜欽

別院深深夏席清，石榴開遍透簾明。
樹陰滿地日當午，夢覺流鶯時一聲。

夢覺—讀此方知前述乃醒後所觀，時空全收束於當下。

蝴蝶花

李覯

蝴蝶生來只愛花，春工描樣作奇葩。
莊周有夢何曾覺，冰雪肌膚落幾家。

莊周有夢—《莊子．齊物論》載：一次莊周作夢變為蝴蝶，栩栩如生，自己覺得就是蝴蝶。一會兒醒了，他弄不清楚究竟自己變成蝴蝶了，還是蝴蝶變成莊周了。

冰雪肌膚—比喻玉蝴蝶花。

鄉思

李覯

人言落日是天涯，望極天涯不見家。
已恨碧山相阻隔，碧山還被暮雲遮。

落日——太陽下山的遙遠之地。
碧山——泛指群山，意為多重障礙。

秋晚悲懷

李覯

漸老多憂百事忙，天寒日短更心傷。
數分紅色上黃葉，一瞬曙光成夕陽。
春水別來應到海，小松生命合禁霜。
壺中若逐仙翁去，待看年華幾許長。

「春水」句—一去不返的生命狀態，在自然的大化中如水滴歸海，無所差別。寫詩人對歲月流逝的另類反思。

小松—詩人自比。

合—應該。

禁—承受。

「壺中」句—若能如漢代費長房向壺中仙學道，則能消除生死長短的疑問。

殘葉

李覯

一樹摧殘幾片存，欄邊為汝最傷神。
休翻雨滴寒鳴夜，曾抱花枝暖過春。
與影有情唯日月，遇紅無禮是泥塵。
上陽宮女多詩思，莫寄人間取次人。

「曾抱」句—過去風光時。

有情唯日月—暗說人無情。

詩思—唐代宮女曾取紅葉寫詩寄情，藉由御溝與外界相通。御溝為皇室城邊的水道。

取次—任意，指不專情。

蠶婦

張俞

昨日入城市，歸來淚滿巾。
遍身羅綺者，不是養蠶人。

羅綺——高級絲織品。
「不是」句——辛勞卻徒然為他人作嫁衣。

詠愁

石象之

來何容易去何遲，半在心頭半在眉。
門掩落花春去後，窗涵殘月酒醒時。
柔如萬頃連天草，亂似千尋匝地絲。
除卻五侯歌舞地，人間何處不相隨？

窗涵殘月—從窗戶望去的殘月。

萬頃—形容野草的數量之多，古人多以綿延不斷的草比喻憂愁或思念之情。

匝—遍地。

五侯—公、侯、伯、子、男。泛指達官貴人。

居洛初夏作

司馬光

四月清和雨乍晴，南山當戶轉分明。
更無柳絮因風起，惟有葵花向日傾。

清和—指暮春、初夏清明和暖的天氣。

乍—初，才。

「南山」句—寫從雨到晴的過程。因正對著南面的陽光，所以看上去，晴雨的變化顯得特別分明。

「惟有」句—言堅定的信念如葵花向日，不似柳絮隨風不定。

北山

王安石

北山輸綠漲橫陂，直塹回塘灩灩時。
細數落花因坐久，緩尋芳草得歸遲。

北山——即鍾山，在金陵。

直塹——直的護城河。塹，繞城之水。

回塘——環曲的池水。

灩灩——水光波動的樣子。

泊船瓜洲

王安石

京口瓜洲一水間，鐘山只隔數重山。
春風又綠江南岸，明月何時照我還？

一水—除黃河與長江，其他流域多稱名作水。

「鐘山」句—王安石寄託隱居之地，「只隔」為心靈距離，寫其眷戀之深

「春風」句—言推行新政，使國政煥然一新的喜悅與決心。

「明月」句—深知改革不易，遙問明月無論變法成敗，何時能歸隱鐘山。

題張司業詩

王安石

蘇州司業詩名老，樂府皆言妙入神。
看似尋常最奇崛，成如容易卻艱辛。

張司業—張籍。

奇崛—奇特突出。

「成如」句—佳作看似平淡，實為千錘百鍊所得。

梅花

王安石

牆角數枝梅，凌寒獨自開。
遙知不是雪，為有暗香來。

凌寒—頂冒著寒冬。

為—因為。

暗香—梅花如同人在逆境中亦不失芬芳的本質。暗，指無形的人格品質。

江上

王安石

江北秋陰一半開，晚雲含雨卻低徊。
青山繚繞疑無路，忽見千帆隱映來。

疑無路—比喻為前景發展的憂慮。

「**忽見**」句—文人多寫由盛轉衰的無常，此詩則寫出境界亦有否極泰來的時刻。

元日

王安石

爆竹聲中一歲除，春風送暖入屠蘇。
千門萬戶曈曈日，總把新桃換舊符。

屠蘇—屠蘇酒為正月初一時需喝的酒，先幼後長飲用可避邪、除瘟疫。
曈曈—天將亮由暗轉明的樣子。
新桃—春聯又稱桃符，過新年需換上新春聯，代表新氣象來臨。

書湖陰先生壁【其一】

王安石

茅簷長掃淨無苔，花木成畦手自栽。
一水護田將綠繞，兩山排闥送青來。

湖陰先生—本名楊逢德，隱居之士，是王安石晚年居住金陵紫金山時的鄰居。

畦—田地經過修整，整齊成行。

護田—《漢書．西域傳》載為漢代戍邊。

排闥—開門。《漢書．樊噲傳》中載樊勇於擅入宮禁，諫主。

護田、排闥—皆出漢書，用典工整。王安石用典於景，雖寫景實寫護國之情。

送青來—送來一片宜人綠景。

登飛來峰

王安石

飛來山上千尋塔，聞說雞鳴見日升。
不畏浮雲遮望眼，只緣身在最高層。

飛來峰—一說位浙江省靈隱寺旁。

千尋—八尺為一尋，形容塔極高。

「不畏」句—化用李白「總為浮雲能蔽日」句，用浮雲暗喻奸佞小人。

最高層—不僅指位處高位，還指只要思想境界高深，就能突破重重障礙，表現出作者的勇氣和決心。

夜直

王安石

金爐香燼漏聲殘，翦翦輕風陣陣寒。
春色惱人眠不得，月移花影上欄干。

漏聲—古代用漏壺滴水計時。

翦翦—風吹動的樣子。

春色惱人—美好的春日，反而使人煩惱。

月移花影—隨著時間推移，月光轉動，花影彷彿移動到欄杆上。

北陂杏花

王安石

一陂春水繞花身，花影妖嬈各佔春。
縱被春風吹作雪，絕勝南陌碾成塵。

陂——池塘。
妖嬈——美麗魅惑的樣子。
雪——杏花色白如雪。
南陌——路上。
「縱被」、「絕勝」二句——寧身處逆境亦不落塵土同流合汙。

雨後池上

劉攽

一雨池塘水面平，淡磨明鏡照檐楹。
東風忽起垂楊舞，更作荷心萬點聲。

檐楹——檐廊。

「東風」二句——指垂楊因風起而飄舞，枝上的水點抖落在荷葉上。

水仙花

劉攽

早於桃李晚於梅，冰雪肌膚姑射來。

明月寒霜中夜靜，素娥青女共徘徊。

姑射—比喻水仙像冰清玉潔的仙女。《莊子・逍遙遊》：「藐姑射之山，有神人居焉，肌膚若冰雪，綽約若處子。」射音夜。

素娥—古代傳說中嫦娥的別稱。亦泛指月宮中的仙女。

青女—傳說中掌管霜雪的天神，也用以指霜。

新晴

劉攽

青苔滿地初晴後，綠樹無人晝夢餘。
惟有南風舊相識，偷開門戶又翻書。

初晴—雨後放晴。
夢餘—夢醒。
舊相識—詩人常以自然為伴作樂，故言舊。
「偷開」句—喻風俏皮，亦見作者童心。

送春

王令

三月殘花落更開，小簷日日燕飛來。
子規夜半猶啼血，不信東風喚不回。

簷—屋簷。

「不信」句—春風實際不可能喚回，襯托杜鵑堅毅精神。

秋日偶成

程顥

閒來無事不從容，睡覺東窗日已紅。
萬物靜觀皆自得，四時佳興與人同。
道通天地有形外，思入風雲變態中。
富貴不淫貧賤樂，男兒到此是豪雄。

不—無不，經常。

覺—醒。

自得—內心有所領會。

興—興致

道—宇宙天地運行的原理原則。

「思入」句—思想如同風雲萬物極盡萬千變化。

淫—性情放縱無所節制。

貧賤樂—能安處貧賤而自得其樂。

獄中寄子由【二首】

蘇軾

其一

聖主如天萬物春，小臣愚暗自忘身。
百年未滿先償債，十口無歸更累人。
是處青山可埋骨，他年夜雨獨傷神。
與君世世為兄弟，更結人間未了因。

先償債—以命償債，指大限來臨。

「**是處**」句—寫來既是決絕又是豁達。

「**他年**」句—料想身後獨留親人，拖累其弟悲傷，從上句的豁達寫其親情深厚難捨。

「**更結**」句—相約來世，感人至深。

其二

柏臺霜氣夜淒淒，風動瑯璫月向低。
夢繞雲山心似鹿，魂飛湯火命如雞。
眼中犀角真吾子，身後牛衣愧老妻。
百歲神遊定何處，桐鄉知葬浙江西。

柏臺—御史臺。

瑯璫—同鋃鐺，拘犯人用的鐵鎖鏈。

牛衣—草衣，用以為牛禦寒。指單薄的衣物。《漢書．王章傳》：「初，章為諸生學長安，獨與妻居。章疾病，無被，臥牛衣中；與妻決，涕泣。」比喻夫妻貧困。

百歲—命終。

寒食雨【二首】

蘇軾

其一

自我來黃州，已過三寒食。
年年欲惜春，春去不容惜。
今年又苦雨，兩月秋蕭瑟。
臥聞海棠花，泥汙胭脂雪。
暗中偷負去，夜半真有力。
何殊病少年，病起頭已白。

寒食—農曆清明節的前一天，是寒食節。

「兩月」二句—言兩月來雨多春寒，蕭瑟如秋。

胭脂雪—指海棠花瓣。

「暗中」二句—《莊子·大宗師》：「藏舟於壑，藏山於澤，謂之固矣。然夜半有力者負之而走，昧者不知也。」這裡用以喻海棠花謝，其生命是有力者夜半暗中背負而去。

何殊—何異。

其二

春江欲入戶，雨勢來不已。
小屋如漁舟，濛濛水雲裡。
空庖煮寒菜，破竈燒濕葦。
那知是寒食，但見烏銜紙。
君門深九重，墳墓在萬里。
也擬哭途窮，死灰吹不起。

不已——一作「未已」。

濛濛——雨迷茫的樣子。

庖——廚房。

寒菜——指雨天潮濕的菜。

「那知」二句——是說見烏鴉銜著墳前燒剩的紙錢，才知道今天是寒食節。

「君門」句——宋玉《九辯》：「豈不鬱陶而思君兮，君之門以九重。」注曰：「君門深邃，不可至也。」九重，指宮禁，極言其深遠。

「墳墓」句——謂詩人祖墳在四川眉山，距黃州有萬里之遙，欲悼不能。

「也擬」句——晉阮籍每走到一條路的盡頭，就感慨地哭起來。這裡隱言擬學阮籍途窮之哭。

死灰——指上面「烏銜紙」的紙錢灰，引用漢韓安國的話，《史記·韓長孺列傳》：「安國坐法抵罪，獄吏田甲辱安國，安国曰：『死灰獨不復燃乎？』田甲曰：『燃則溺之！』」死灰吹不起，言蘇軾對自己境遇的悲觀。

初到黃州

蘇軾

自笑平生為口忙，老來事業轉荒唐。
長江繞郭知魚美，好竹連山覺筍香。
逐客不妨員外置，詩人例作水曹郎。
只慚無補絲毫事，尚費官家壓酒囊。

為口忙—因諫言而惹禍，遭遇貶謫。

「長江」二句—隨遇而安的精神。

員外—正規員額以外的貶謫官職。

只慚—見宋儒自省濟世的胸懷。

壓酒囊—薪水。

正月二十日往岐亭郡人潘古郭三人送余于女王城東禪莊院

蘇軾

十日春寒不出門，不知江柳已搖村。
稍聞決決流冰谷，盡放青青沒燒痕。
數畝荒園留我住，半瓶濁酒待君溫。
去年今日關山路，細雨梅花正斷魂。

決決—水流貌。
冰谷—水面結冰的山谷。
青青—新生的草。
沒—遮掩。
燒痕—野火燒過的痕跡。
正—去年與今日同情同景，作者將兩時態合於一景。

正月二十日與潘郭二生出郊尋春忽記去年是日同至女王城作詩乃和前韻

蘇軾

東風未肯入東門，走馬還尋去歲村。
人似秋鴻來有信，事如春夢了無痕。
江城白酒三杯釅，野老蒼顏一笑溫。
已約年年為此會，故人不用賦招魂。

春夢了無痕——世事變換無常，就如同春夢般容易消失無蹤。

釅——此指酒味濃醇。

蒼顏——蒼老的容顏。

贈劉景文

◎冬景

蘇軾

荷盡已無擎雨蓋，菊殘猶有傲霜枝。

一年好景君須記，最是橙黃橘綠時。

擎——撐舉。

傲霜——不懼冷霜。

橙黃橘綠——秋末冬初。

惠崇春江曉景

蘇軾

竹外桃花三兩枝，春江水暖鴨先知。
蔞蒿滿地蘆芽短，正是河豚欲上時。

惠崇—宋初「九僧」之一。

「蔞蒿」二句—宋代烹飪以蔞蒿、蘆芽和河豚同煮，因此蘇軾看見蔞蒿、蘆芽就想到了河豚。鴨在惠崇繪畫中，而河豚在蘇軾心意中。

和董傳留別

蘇軾

粗繒大布裹生涯，腹有詩書氣自華。
厭伴老儒烹瓠葉，強隨舉子踏槐花。
囊空不辦尋春馬，眼亂行看擇婿車。
得意猶堪誇世俗，詔黃新濕字如鴉。

粗繒—粗製平庸的詩織品。
氣自華—氣質如花綻放。
瓠葉—比喻平凡的生活。
槐花—古代應試恰逢槐花開落，比喻考科舉。
尋春馬—指上榜騎馬看盡長安花。
擇婿車—放榜在曲江宴請新科進士，官宦人家多趁此時擇婿。
詔黃—詔書。
字如鴉—比喻詔書上墨黑如鴉。

飲湖上初晴後雨

蘇軾

水光瀲灩晴方好，山色空濛雨亦奇。
欲把西湖比西子，淡妝濃抹總相宜。

瀲灩—水光波動的樣子。
空濛—多形容煙嵐雨霧。
西子—西施。

題西林壁

蘇軾

橫看成嶺側成峰，遠近高低各不同。
不識廬山真面目，只緣身在此山中。

西林—寺名，一名乾明寺，在江西廬山。

「遠近」句—一作「遠近看山總不同」。

緣—因為。

「不識」二句—人常當局者迷，無法領會全貌。

澄邁驛通潮閣

蘇軾

餘生欲老海南村，帝遣巫陽招我魂。
杳杳天低鶻沒處，青山一髮是中原。

驛—古代出差和寄遞公文的人中途住息處。

通潮閣—在澄邁（今屬海口市）縣城西。

「帝遣」句—《楚辭．招魂》：「帝告巫陽曰：『有人在下，我欲補之。魂魄離散，汝筮予之。』巫陽乃下招曰：『魂兮歸來！』」這裡喻自己被朝廷召還。

「杳杳」二句—胡仔《苕溪漁隱叢話．後集》，說蘇軾在他《伏波將軍廟碑》中有云：「『南望連山，若有若無，杳杳一髮耳。』皆兩用之，其語倔奇，蓋得意也。」紀昀稱為「神來之筆」。

鶻—鷹隼。

和子由澠池懷舊

蘇軾

人生到處知何似？恰似飛鴻踏雪泥。
泥上偶然留指爪，鴻飛那復計東西。
老僧已死成新塔，壞壁無由見舊題。
往日崎嶇還記否，路長人困蹇驢嘶。

子由—此詩作於蘇軾經澠池（今屬河南），憶及蘇轍曾有〈懷澠池寄子瞻兄〉一詩，從而和之。子由，蘇軾弟蘇轍字子由。澠池，今河南澠池縣。

「人生」句—此是和作，蘇軾依蘇轍原作中提到的雪泥引發出人生之感。

老僧—即指奉閒。蘇轍自注：「昔與子瞻應舉，過宿縣中寺舍，題其老僧奉閒之壁。」古代僧人死後，以塔葬其骨灰。

壞壁—指奉閒僧舍。

蹇—跛腳。

洗兒

蘇軾

人皆養子望聰明，我被聰明誤一生。
惟願孩兒愚且魯，無災無難到公卿。

洗兒—舊時漢族風俗，嬰兒出生三天或滿月，親朋好友聚集慶祝，給嬰兒洗身。

聰明—優游官場名聞利養的能耐。

愚且魯—反諷位極公卿不須明辨正義是非的能力。

海棠

蘇軾

東風裊裊泛崇光，香霧空濛月轉廊。
只恐夜深花睡去，故燒高燭照紅妝。

裊裊—春風吹拂貌。
崇光—日間春光明媚。
月轉廊—月光推移，物影隨月光移轉。
「故燒」句—詩人惜春愛花之心。

春宵

蘇軾

春宵一刻值千金，花有清香月有陰。
歌管樓亭聲細細，鞦韆院落夜沉沉。

「花有」句──人有閒情才能仔細品味花香月陰，活出生命的品質值勝千金。

東欄梨花

蘇軾

梨花淡白柳深青，柳絮飛時花滿城。
惆悵東欄一株雪，人生看得幾清明。

惆悵—五味雜陳。
「人生」句—感概如花淡白最是簡樸，但人心世道清明反為最難。

於潛僧綠筠軒

蘇軾

可使食無肉，不可居無竹。
無肉令人瘦，無竹令人俗。
人瘦尚可肥，士俗不可醫。
旁人笑此言，似高還似痴。
若對此君仍大嚼，世間哪有揚州鶴。

高—精闢的評論。

癡—一廂情願的看法。

此君—指竹子。

大嚼—在清高脫俗的竹前大啖肉食，指不能清高與世慾不能兩全，更何況三者得兼。

揚州鶴—指三者兼得的情況。一人想擁有萬貫家財，一人想走赴揚州任官，一人想騎鶴成仙。一人想腰纏萬貫駕鶴任官。

惠州一絕

蘇軾

羅浮山下四時春，盧橘楊梅次第新。
日啖荔枝三百顆，不辭長作嶺南人。

盧橘—枇杷。
次第新—依序結果而新鮮。
「日啖」句—寫不因貶謫而狹隘的豪放，亦寫只能啖食荔枝的閒置清冷。
「不辭」句—以苦為樂，翻逆境為樂土。

觀潮

蘇軾

廬山煙雨浙江潮，未到千般恨不消。
到得還來別無事，廬山煙雨浙江潮。

浙江潮（初句）—錢塘江潮汐，比喻心所愛慕的境界。

「未到」句—沒有得到前的遺憾與憤恨。

「到得」句—擁有追求事物後卻發現平常無奇。

浙江潮—過去依戀的景物依舊，但憾恨之情已歸於平淡。絕句貴精簡卻故意重複，為強調詞同而意義不同。

六月二十日夜渡海

蘇軾

參橫斗轉欲三更，苦雨終風也解晴。
雲散月明誰點綴？天容海色本澄清。
空餘魯叟乘桴意，粗識軒轅奏樂聲。
九死南荒吾不恨，茲遊奇絕冠平生。

參橫斗轉—北斗星轉向，比喻時值深夜。

苦雨—久雨，比喻逆境。

「雲散」句—逆境結束。

「天容」句—人格價值從未因外境而轉變。

「空餘」句—《論語．公冶長》：「王道不行，乘桴浮於海。」孔子本想乘舟隱居而未成，蘇軾乘舟卻因世態漸穩隱居未成。

軒轅—《莊子．天運》：「北門成問于黃帝曰：帝張咸池之樂于洞庭之野，吾始聞之懼，復聞之怠，卒聞之而惑；蕩蕩默默，乃不自得。」指海波聲。

「茲遊」句—以苦難為人生難得的歷練。

懷古

蕭觀音

宮中只數趙家妝，敗雨殘雲誤漢王。
惟有知情一片月，曾窺飛燕入昭陽。

數—指責，責備。
趙家妝—指漢成帝的皇后趙飛燕妝飾奢華。
「敗雨」句—指趙氏姐妹與輕薄子弟私通事。
昭陽—指昭陽殿。本為漢武帝所築，成帝時為趙飛燕姐妹所居住。後世詩文、戲曲多指皇后或受寵幸的嬪妃所住的宮殿。

絕句

王雱

霏微細雨不成泥，料峭輕寒透袷衣。
處處園林皆有主，欲尋何地看春歸？

霏——雨絲綿密的樣子。
料峭——風力寒冷。
袷衣——有夾層的閒居便服。
「處處」二句——意謂無處可棲的寂寥失落。

雨中登岳陽樓望君山

黃庭堅

滿川風雨獨憑欄，綰結湘娥十二鬟。
可惜不當湖水面，銀山堆裡看青山。

川——這裡指洞庭湖。
綰結——綁束髮髻。
湘娥——娥皇、女英，相傳住在君山。
十二鬟——丘陵起伏如同髮髻高低連綿。
銀山——湖面波浪花白如銀。

寄黃幾復

黃庭堅

我居北海君南海，寄雁傳書謝不能。
桃李春風一杯酒，江湖夜雨十年燈。
持家但有四立壁，治病不蘄三折肱。
想見讀書頭已白，隔溪猿哭瘴溪藤。

「**我居**」句—典出《左傳》「風馬牛不相及」指兩地相距甚遠，即使走失牛馬亦不相及。

「**寄雁**」句—地處偏遠，連雁南飛亦不能到達。

「**桃李**」句—指當年得意把酒言歡的時刻。

「**江湖**」句—如今落魄謫居，對比前景更顯淒苦。

「**四立壁**」—《史記・司馬相如傳》：「文君夜奔相如，相如馳歸成都，家徒四壁立。」比喻處境困窘。

「**治病**」句—化用「三折肱成良醫」的典故。意指不需再受挫折磨練，已是國家可用之才。

「**想見**」句—為國家皓首窮經，以展鴻圖的志願，如今已是晚年。

猿哭—悲戚之聲。

瘴—瘴氣。指離京遙遠，報效的機會也是渺渺。

鄂州南樓書事

黃庭堅

四顧山光接水光，憑欄十里芰荷香。
清風明月無人管，並作南樓一味涼。

憑欄—登樓憑欄遠眺。

無人管—詩人羨慕之詞，仕途浮沉，往往動輒得咎，為他人所牽制。

一味涼—一片清涼，與多雜的煩惱相比顯其單純珍貴。

牧童詩

黃庭堅

騎牛遠遠過前村，吹笛風斜隔隴聞。
多少長安名利客，機關用盡不如君。

隴—田壟。
多少—極多，為世俗常態。
「機關」句—博取名利目的無非享樂，然而安於自然的恬淡之情才是真樂。

書扇

李之儀

幾年無事在江湖，醉倒黃公舊酒壚。
覺後不知新月上，滿身花影倩人扶。

江湖—隱居生活，相對「朝堂」而言。

黃公舊酒壚—晉代竹林七賢飲酒處，指超越禮教脫俗的生活方式。

覺—睡醒。

倩—請人代勞。

春日

秦觀

一夕輕雷落萬絲，霽光浮瓦碧參差。
有情芍藥含春淚，無力薔薇臥曉枝。

絲—喻雨。萬絲，指春天的細雨。

霽光—雨天之後明媚的陽光。霽，雨後放晴。

瓦—琉璃瓦。浮瓦，晴光照在瓦上。

碧參差—指琉璃瓦浮光閃閃，猶如碧玉。

參差—高低錯落的樣子。

芍藥—一種草本植物，這裡指芍藥花。

春淚—雨點。

臥—攀枝蔓延。

病後登快哉亭

賀鑄

經雨清蟬得意鳴，征塵斷處見歸程。
病來把酒不知厭，夢後倚樓無限情。
鴉帶斜陽投古剎，草將野色入荒城。
故園又負黃華約，但覺秋風髮上生。

快哉亭—在今江蘇銅山區東南，俗稱拐角樓（非黃州快哉亭）。本唐薛能陽春亭故址，宋李邦直改建，蘇軾知徐州時題名「快哉」。

「征塵」句—形容征途之遠。意謂要到征塵盡處，歸程才始在望。

厭—飽足。

剎—寺院。

將—帶引。

「故園」句—意即又負故園黃華約。黃華，菊花。

髮—一作「鬢」。

絕句

陳師道

書當快意讀易盡，客有可人期不來。

世事相違每如此，好懷百歲幾回開？

「書當」句—讀使心意暢快的書，往往很快讀完。

可人—令人憐惜的人。

期—期盼。

「好懷」句—感嘆人生不如意十有八九。

題畫

李唐

雲裡孤村雪裡山，看時容易畫時難。
早知不入時人眼，多買朱砂畫牡丹。

「看時」句—有高遠意境者，往往看似平凡。比喻自身人格修養。
「多買」句—以反諷的手法暗諷時人喜歡富貴財氣。

春日郊外

唐庚

城中未省有春光，城外榆槐已半黃。
山好更宜餘積雪，水生看欲倒垂楊。
鶯邊日暖如人語，草際風來作藥香。
疑此江頭有佳句，為君尋取卻茫茫。

未省—還沒知道。這裡是省察、領悟之意。
黃—鵝黃色，指榆樹、槐樹新芽的嬌嫩。
水生—水漲。
倒垂楊—映出楊柳的倒影。
「鶯邊」句—「鶯邊日暖如人語」為倒裝句，原序為「日邊鶯暖語如人」。天氣暖和，黃鶯嬌吟，其聲如人親切交談。
佳句—好的詩句。

醉眠

山靜似太古，日長如小年。
餘花猶可醉，好鳥不妨眠。
世味門常掩，時光簟已便。
夢中頻得句，拈筆又忘筌。

唐庚

太古—遠古，上古。

小年—將近一年。用以形容時間之長。

「餘花」句—還有些殘花，可以喝酒來欣賞。

不妨—表示可以、無妨礙之意。

世味—人世滋味、社會人情。

簟—竹席。

便—合宜、當景的意思。

得句—謂詩人覓得佳句。

「拈筆」句—提起筆來又忘掉怎樣説了。「筌」借作「詮」。忘筌，忘記了捕魚的筌。比喻目的達到後就忘記了原來的憑藉。語出《莊子・外物》：「筌者所以在魚，得魚而忘筌；蹄者所以在兔，得兔而忘蹄。」

夜行

晁冲之

老去功名意轉疏，獨騎瘦馬取長途。
孤村到曉猶燈火，知有人家夜讀書。

「老去」句——這是針對自己一生沒有功名而說。意思是到老年對功名變得淡薄了。
取長途——猶言征長途。

春遊湖

徐俯

雙飛燕子幾時回？夾岸桃花蘸水開。

春雨斷橋人不度，小舟撐出柳陰來。

夾岸—兩岸。

蘸水—枝條彎腰點水，桃花如在水面開放。

度—行走。

撐—以船篙撐船前進。

送別

左緯

騎馬出門三月暮，楊花無賴雪漫天。
客情惟有夜難過，宿處先尋無杜鵑。

楊花──即棉絮。
無賴──這裡是撩人的意思。
雪漫天──形容楊花飛舞。漫，滿。
杜鵑──鳥名，亦叫子規，舊説因其鳴聲淒厲，能動旅客歸思。

柳州開元寺夏雨

呂本中

風雨蕭蕭似晚秋，鴉歸門掩伴僧幽。
雲深不見千巖秀，水漲初聞萬壑流。
鐘喚夢迴空悵望，人傳書至竟沉浮。
面如田字非吾相，莫羨班超封列侯。

壑——溝谷。

沉浮——把信遺失了。

「面如」二句——「面如田字」是說臉型方正如田，在古代認為是富貴之相。見《南齊書》中《李安民傳》的故事，「面如田字，封侯狀也」。第二個典故用班超封侯事。詩人把兩個故事連綴在一起，說自己沒有封侯的形相，不是飛黃騰達的材料，也不羨慕這種顯貴的官位。

木芙蓉

呂本中

小池南畔木芙蓉，雨後霜前著意紅。
猶勝無言舊桃李，一生開落任東風。

木芙蓉—宋人常常將木芙蓉與菊花並稱，成為隱逸高潔的象徵。

「猶勝」二句—意指木芙蓉比桃李好多了，因為它不隨春風來去、花謝又花開。

聽雨

呂本中

日數歸期似有期，故園無語說相思。
芭蕉葉上三更雨，正是愁人睡覺時。

「正是」二句──人發愁難以入睡，雨滴芭蕉的冷清氛圍更顯寂寥。

夏日絕句

生當作人傑，死亦為鬼雄。
至今思項羽，不肯過江東。

李清照

人傑—人中的豪傑。漢高祖曾稱讚開國功臣張良、蕭何、韓信是「人傑」。

鬼雄—鬼中的英雄。屈原《國殤》：「身既死兮神以靈，魂魄毅兮為鬼雄。」

項羽—秦末下相（今江蘇宿遷）人。曾領導起義軍滅秦軍主力，自立為西楚霸王。後被劉邦打敗，突圍至烏江（在今安徽和縣），自刎而死。

偶成

李清照

十五年前花月底，相從曾賦賞花詩。
今看花月渾相似，安得情懷似往時。

花月底—花前月下。
相從—相伴。
渾相似—極為相似。
安得—哪得。

三衢道中

曾幾

梅子黃時日日晴，小溪泛盡卻山行。

綠陰不減來時路，添得黃鸝四五聲。

「梅子」句—五月多雨，詩人特別點出晴日難得出遊。

卻—再。

「添得」句—從上句「不減」再發現美好，流露詩人知足珍惜美好風光的情懷。

春陽

朱弁

關河迢遞繞黃沙，慘慘陰風塞柳斜。
花帶露寒無戲蝶，草連雲暗有藏鴉。
詩窮莫寫愁如海，酒薄難將夢到家。
絕域東風竟何事？只應催我鬢邊華！

關河—發源於山西榆社，流經太行山的昂車關，故稱關河。

迢遞—高遠的樣子。

陰風—寒風、北風。

詩窮—把詩寫盡了。窮，技窮。

酒薄—淡酒，酒精度數低的酒。

絕域—荒涼的地方。

華—雙關語。東風把花吹開，可是塞北沒有什麼花朵，只把作者的頭髮吹得花白。

襄邑道中

陳與義

飛花兩岸照船紅，百里榆堤半日風。
臥看滿天雲不動，不知雲與我俱東。

榆堤—種滿榆樹的河堤。

雲與我俱東—人與雲一同飄移。

春寒

陳與義

二月巴陵日日風，春寒未了怯園公。
海棠不惜胭脂色，獨立濛濛細雨中。

了—結束。

園公—作者本人。

胭脂—作化妝用的紅。

「獨立」句—逆境中，獨立不屈的性格表現。

竹

陳與義

高枝已約風為友，密葉能留雪作花。
昨夜嫦娥更瀟灑，又攜疏影過窗紗。

嫦娥—指月。
瀟灑—飄逸自在的樣子。
疏影—指竹影。
窗紗—紗窗。

遊園不值

葉紹翁

應憐屐齒印蒼苔，小扣柴扉久不開。
春色滿園關不住，一枝紅杏出牆來。

「應憐」句—憐，愛惜。屐齒，木屐鞋底下凸出像齒的部分，便於泥地行走。屐，一種底下有齒的木鞋，可以防滑。蒼苔，青苔，深青色的苔蘚。本句是說因為未遇到園主人，無法進內，只好自解園主想必是為了愛惜園中的青苔，不讓我木屐鞋的齒痕印在上面吧。

小扣—輕敲，輕輕敲擊。扣，敲、擊。通「叩」。

柴扉—柴門，以樹枝木幹做成的門。形容簡陋的居所。

紅杏出牆—形容春意盎然。「紅杏出牆」現在專指背夫偷漢，不守婦道的女子，但其實與原來詩句的意思風馬牛不相及。

夜書所見

葉紹翁

蕭蕭梧葉送寒聲，江上秋風動客情。
知有兒童挑促織，夜深籬落一燈明。

蕭蕭—風聲。
客情—旅客思鄉之情。
挑—用細長的東西撥動。
促織—俗稱蟋蟀，有的地方又叫蛐蛐。
籬落—籬笆。

絕句送巨山【其二】

劉子翬

二年寄跡閩山寺，一笑翻然向浙江。
明月不知君已去，夜深還照讀書窗。

巨山—作者友人張嵲。
寄跡—暫時停留。
翻然—旅行。

遊嵬石山寺

岳飛

嵬石山前寺，林泉勝景幽。
紫金諸佛相，白雪老僧頭。
潭水寒生月，松風夜帶秋。
我來屬龍語，為雨濟民憂。

嵬—高而不平貌。
白雪—僧髮白如雪。
屬—同「囑」，託付。
為—製造。
濟—幫助。

遊山西村

陸游

莫笑農家臘酒渾，豐年留客足雞豚。
山重水複疑無路，柳暗花明又一村。
簫鼓追隨春社近，衣冠簡樸古風存。
從今若許閒乘月，拄杖無時夜叩門。

臘酒—頭一年臘月裡釀造的酒。

足雞豚—意思是準備了豐盛的菜餚。足，足夠，豐盛。豚，小豬，詩中代指豬肉。

山重水複—一座座山、一道道水重重疊疊。

柳暗花明—柳色深綠，花色紅豔。

簫鼓—吹簫打鼓。

春社—古代把立春後第五個戊日做為春社日，拜祭社公（土地神）和五穀神，祈求豐收。

古風—有古人之風度也。《唐書·王仲舒傳》：「穆宗常言仲舒之文有古風。」杜甫《吾宗》詩：「吾宗老孫子，質樸古人風。」古風存，保留著淳樸古代風俗。

若許—如果這樣。

閒乘月—有空閒時趁著月光前來。

無時—沒有一定的時間，即隨時。

叩門—敲門。

臨安春雨初霽

陸游

世味年來薄似紗，誰令騎馬客京華？
小樓一夜聽春雨，深巷明朝賣杏花。
矮紙斜行閑作草，晴窗細乳戲分茶。
素衣莫起風塵嘆，猶及清明可到家。

臨安—南宋的都城，今浙江杭州。
霽—雨後或雪後轉晴。
世味—人情滋味。
客—客居。
京華—指臨安。
矮紙—短紙。
草—指草書。
晴窗—明亮的窗戶。
細乳—泡茶時水面浮起的白色小泡沫。
分茶—品茶。
「素衣」二句—晉陸機《為顧彥先贈婦》詩有「京洛多風塵，素衣化為緇」語，意思是京城的不良風氣，會汙染人的品質。陸游將於清明節回家，所以不必擔心京城的不良風氣會汙染自己。

劍門道中遇微雨

陸游

衣上征塵雜酒痕，遠遊無處不銷魂。
此身合是詩人未？細雨騎驢入劍門。

劍門—山名，在今四川省劍閣縣北。
征塵—旅途中衣服所蒙的灰塵。
銷魂—傷神。
「此身」二句—典出南宋尤袤《全唐詩話》：「（唐昭宗時）相國鄭綮，善詩。或曰：『相國近為新詩否？』對曰：『詩思在灞橋風雪中驢子上，此何以得之？』」合是，應當是。未，義同「否」。

病起書懷

陸游

病骨支離紗帽寬，孤臣萬里客江干。
位卑未敢忘憂國，事定猶須待闔棺。
天地神靈扶廟社，京華父老望和鑾。
出師一表通今古，夜半挑燈更細看。

支離—殘缺不全，引申為憔悴、衰殘瘦弱的樣子。形容病中體瘦骨露，衰弱無力。

紗帽寬—形體消瘦，故言帽寬。

「位卑」句—正氣精神所匯集處，無論人生順逆皆心繫家國。

「事定」句—言窮盡一身報效國家。

廟社—宗廟。

京華—京城繁華如花故稱京華。

和鑾—鑾同「鸞」，為車上鈴鐺，此代指皇帝御駕，將收復國土的美好意象。

出師表—作者以諸葛亮出師表為喻，說明要收復故土的決心。

十一月四日風雨大作【其二】

陸游

僵臥孤村不自哀，尚思為國戍輪台。
夜闌臥聽風吹雨，鐵馬冰河入夢來。

僵臥—身軀病無法動彈。
戍—防守。
輪台—邊關。
夜闌—深夜。
鐵馬—戰馬。
入夢來—指日有所思夜有所夢，日夜均心繫國家。

金錯刀行

陸游

黃金錯刀白玉裝，夜穿窗扉出光芒。
丈夫五十功未立，提刀獨立顧八荒。
京華結交盡奇士，意氣相期共生死。
千年史冊恥無名，一片丹心報天子。
爾來從軍天漢濱，南山曉雪玉嶙峋。
嗚呼！楚雖三戶能亡秦，
豈有堂堂中國空無人！

黃金錯刀—上面鍍金的佩刀。
顧—環顧。
八荒—天下。
京華—京城，人才薈萃之地，如花朵盛開。
恥無名—以不能留下功名為恥。
爾來—近來。
濱—水邊。
嶙峋—山石錯落貌。
「楚雖三戶」句—以楚國滅秦復國的典故，勸勉自我效法。

書憤【其二】

陸游

早歲那知世事艱，中原北望氣如山。
樓船夜雪瓜洲渡，鐵馬秋風大散關。
塞上長城空自許，鏡中衰鬢已先斑。
出師一表真名世，千載誰堪伯仲間！

世事艱—抗金收復故土的戰事艱辛。

「中原」句—收復中原的決心堅定如山。

樓船—戰船。

鐵馬—戰馬。

塞上長城—自許為保家衛國的壁壘。

斑—黑中有白。

出師一表—三國時期諸葛亮曾上出師表，言明北伐興復漢室的決心。

「千載」句—感嘆諸葛亮的志向古今少有，亦有心嚮往之，意圖效法之意。

秋夜將曉出籬門迎涼有感【二首】

陸游

其一

迢迢天漢西南落，喔喔鄰雞一再鳴。
壯志病來消欲盡，出門搔首愴平生。

天漢—銀河。

搔首—若有所思貌。

愴—哀傷。

其二

三萬里河東入海，五千仞嶽上摩天。
遺民淚盡胡塵裡，南望王師又一年。

摩天——迫近天際。

「遺民」句——淪落戰地的人民受苦已是流盡淚水。但仍無力收復故土。

王師——朝廷的軍隊，意謂遺民殷切盼望天子能拯救他們，卻一直不來。

冬夜讀書示子聿

陸游

古人學問無遺力，少壯工夫老始成。

紙上得來終覺淺，絕知此事要躬行。

子聿—陸游最小的兒子。

老始成—指為學必須重視累積的過程，放遠目光。

躬行—親自去實踐。知識唯有實踐方能轉化為智慧。

看梅絕句【其五】

陸游

老子舞時不須拍，梅花亂插烏巾香。
尊前作劇莫相笑，我死諸君思此狂。

不須拍—不須依循既有的節拍。
烏巾—黑帽。
尊—樽前，酒杯之前。
作劇—戲弄，開玩笑。
思此狂—懷念此時放蕩不羈的舉止。此詩可見陸游不拘一格的形象。

夜泊水村

陸游

腰間羽箭久凋零，太息燕然未勒銘。
老子猶堪絕大漠，諸君何至泣新亭。
一身報國有萬死，雙鬢向人無再青。
記取江湖泊船處，臥聞新雁落寒汀。

太息—嘆息。
勒銘—漢代竇憲擊敗匈奴撰寫銘文記錄此次戰役。
老子—作者自稱。
絕—橫跨。
新亭—晉室南渡，士大夫相聚於新亭，憶起故國陷落相對落淚。
萬死—不畏懼死亡。
無再青—人生終將老去，面對死亡。
汀—流域中的沙洲。

沈園【二首】

陸游

其一

城上斜陽畫角哀，沈園非復舊池臺。
傷心橋下春波綠，曾是驚鴻照影來。

沈園—故址在浙江紹興禹跡寺南，今已修建過。陸游重遊時已三易其主。

畫角—古代軍中用以警昏曉的樂器。形如竹筒，外加彩繪。

橋—此橋後人名為春波橋，實因賀知章「春風不改舊時波」句得名。

驚鴻—曹植〈洛神賦〉：「翩若驚鴻。」以鴻驚飛時姿態的輕捷比喻美女的風度。這裡指陸游在沈園見到唐琬的印象。

其二

夢斷香消四十年，沈園柳老不吹綿。
此身行作稽山土，猶吊遺蹤一泫然。

四十年—陸游與唐琬本是夫婦，因陸母不喜歡唐氏而被迫分離。在沈園再度偶遇時，已逾四十年。
不吹綿—柳老不再飛絮，詩人的心頭卻永遠有飛絮在纏綿。
行—將要。
稽山—會稽山，在今紹興。「此身」句意謂，自己也將要埋骨會稽山了。

示兒

陸游

死去元知萬事空，但悲不見九州同。
王師北定中原日，家祭毋忘告乃翁。

示兒——陸游有六個兒子。他死時，長子虛年六十三歲。
元知——原知，本來就知道。
九州同——指全國統一。古代中國分為九州。
「王師」句——諸葛亮〈出師表〉中有「北定中原」語。王師，官軍。
家祭——家中對先人的私祭。
乃翁——你的父親。

橫塘

范成大

南浦春來綠一川，石橋朱塔兩依然。
年年送客橫塘路，細雨垂楊繫畫船。

橫塘—江蘇吳縣西南的一條河。
南浦—泛指送行的地方。
石橋—指楓橋，橫塘之北。
朱塔—指寒山寺的塔。
依然—捨不得的樣子。
畫船—畫舫。

州橋

范成大

州橋南北是天街，父老年年等駕回。
忍淚失聲詢使者，幾時真有六軍來？

州橋——正名為天漢橋，在汴梁（今河南開封）宣德門和朱雀門之間，橫跨汴河。

天街——京城的街道叫天街，這裡說州橋南北街，是指當年北宋皇帝車駕行經的御道。

父老——指汴梁的百姓。

等駕回——等候宋朝天子的車駕回來。駕，皇帝乘的車子。

失聲——哭不成聲。

詢——探問，打聽。

六軍——古時規定，一軍為一萬二千五百人，天子設六軍。此處借指王師，即南宋的軍隊。

四時田園雜興【選二．夏日其一】

范成大

梅子金黃杏子肥，麥花雪白菜花稀。
日長籬落無人過，惟有蜻蜓蛺蝶飛。

籬落——籬笆。

四時田園雜興【選二・夏日其七】

范成大

晝出耕田夜績麻，村莊兒女各當家。
童孫未解供耕織，也傍桑陰學種瓜。

績麻——將麻搓成線。
當家——勞務。
未解——不明白。

閒居初夏午睡起

楊萬里

梅子留酸軟齒牙，芭蕉分綠與窗紗。
日長睡起無情思，閒看兒童捉柳花。

梅子——一種味道極酸的果實，指楊梅。

芭蕉分綠與窗紗——芭蕉的綠色映照在紗窗上。

思——心念。

柳花——柳絮。

詠桂

不是人間種，疑從月裡來。
廣寒香一點，吹得滿山開。

楊萬里

種——品種。

廣寒——廣寒宮，指月亮。相傳種有桂樹。

小池

楊萬里

泉眼無聲惜細流，樹陰照水愛晴柔。
小荷才露尖尖角，早有蜻蜓立上頭。

泉眼—泉水湧出處。
惜—吝惜。
晴柔—柔和的日光。

曉出淨慈寺送林子方

楊萬里

畢竟西湖六月中，風光不與四時同。
接天蓮葉無窮碧，映日荷花別樣紅。

畢竟——到底，有誇讚名不虛傳的意思。

別樣——特別。

宿新市徐公店

楊萬里

籬落疏疏一徑深，樹頭花落未成陰。
兒童急走追黃蝶，飛入菜花無處尋。

籬落—籬笆。
未成陰—未成濃密的樹蔭。
走—奔跑。

重九後二日同徐克章登萬花川穀月下傳觴

楊萬里

老夫渴急月更急，酒落杯中月先入。
領取青天併入來，和月和天都蘸濕。
天既愛酒自古傳，月不解飲真浪言。
舉杯將月一口吞，舉頭見月猶在天。
老夫大笑問客道，月是一團還兩團？
酒入詩腸風火發，月入詩腸冰雪潑。
一杯未盡詩已成，誦詩向天天亦驚。
焉知萬古一骸骨，酌酒更吞一團月！

月先入—月光倒影入杯，作者趣解為月相爭飲酒。

將月一口吞—月飲酒人再飲月，此中有豪情。

風火—詩情如火。

桂源鋪

楊萬里

萬山不許一溪奔，攔得溪聲日夜喧。
到得前頭山腳盡，堂堂溪水出前村。

萬山——比喻時局的阻擋。
一溪奔——作者不同俗流的決心。
喧——聲音吵鬧。

下橫山灘頭望金華山【其二】

楊萬里

山思江情不負伊，雨姿晴態總成奇。
閉門覓句非詩法，只是征行自有詩。

不負伊——天地文章從不辜負詩人，關鍵在詩人是否有慧眼詩心發掘。
征行——出外遠行。
「閉門」二句——勸世人不要閉門造車，多去戶外領略生活之美，自然會有靈感泉源湧現。

題臨安邸

林升

山外青山樓外樓，西湖歌舞幾時休？

暖風薰得遊人醉，直把杭州作汴州。

臨安—金人攻陷北宋，退守定都臨安。

「直把」句—寫國破家亡，為躲避現實殘酷，貪樂於遊玩的夢境中。

觀書有感

朱熹

半畝方塘一鑑開，天光雲影共徘徊。
問渠那得清如許，為有源頭活水來。

一鑑開——形容水池的平靜。鑑，鏡子。

徘徊——這裡是蕩漾的意思。

渠——他，指方塘。

如許——如此。

為——因為。

「問渠」二句——心靈的清澈與靈動，都有賴於不斷學習新知、累積學問。

水口行舟

朱熹

昨夜扁舟雨一蓑，滿江風浪夜如何？
今朝試捲孤篷看，依舊青山綠樹多。

水口—在福建邵武東南，宋置水口寨。

扁舟—舟，小船。扁音篇。

雨一蓑—滿蓑衣都是雨。

「昨夜」句—指作者在船中披蓑衣避雨。

春日

朱熹

勝日尋芳泗水濱，無邊光景一時新。

等閒識得東風面，萬紫千紅總是春。

勝日—美好的日子。

尋芳—踏青。

等閒—平常。

總是春—春光美景遍及一切時間地點。

偶成

朱熹

少年易老學難成，一寸光陰不可輕。
未覺池塘春草夢，階前梧葉已秋聲。

學難成——學業難以輕易成就。

「未覺」句——對時光的變異未曾知覺，比喻時光流逝快速。

立春偶成

張栻

律回歲晚冰霜少，春到人間草木知。
便覺眼前生意滿，東風吹水綠參差。

律——古代以十二音階類比十二月份，春夏屬律，秋冬屬呂。

生意——生機。

參差——波紋蕩漾。

霫川道中

蔡珪

扇底無殘暑，西風日夕佳。
雲山藏客路，煙樹記人家。
小渡一聲櫓，斷霞千點鴉。
詩成鞍馬上，不覺在天涯。

霫——古代部落名，匈奴東渡，居潢水（今內蒙古西拉木倫河）北。霫人多善騎射，風俗略與契丹同。霫川，地名，今遼河上游內蒙古寧城縣大名城一帶。

扇底——扇底之風。此句講扇為取涼，今殘暑已無，不須扇底之風。

西風——秋風。

小渡——小船。

「斷霞」句——化用秦觀〈滿庭芳〉「斜陽外，寒鴉萬點，流水繞孤村」句意。

漁村詩話圖

黨懷英

江村清境皆畫本，畫裡更傳詩語工。
漁父自醒還自醉，不知身在畫圖中。

「江村」句－指江村清景都是繪畫取材的依據。
自醒還自醉－形容漁父似醉似醒。

落花

朱淑真

連理枝頭花正開，妒花風雨便相催。
願教青帝常為主，莫遣紛紛點翠苔。

連理枝—兩樹交纏比喻深重的愛情。
青帝—掌管春天的神祇。
「莫遣」句—愛惜落花不教其落地。

初夏

朱淑真

竹搖清影罩幽窗，兩兩時禽噪夕陽。
謝卻海棠飛盡絮，困人天氣日初長。

謝卻—凋謝。
困人—使人疲乏。
日初長—白天的時間開始多於黑夜。

秋夜

朱淑真

夜久無眠秋氣清，燭花頻剪欲三更。
鋪床涼滿梧桐月，月在梧桐缺處明。

燭花——燭蕊燃燒後後呈現花狀。

恨春【其二】

朱淑真

一瞬芳菲爾許時，苦無佳句記相思。
春光正好須風雨，因愛方深奈別離。
淚眼謝他花放抱，愁懷惟賴酒扶持。
鶯鶯燕燕休相笑，試與單棲各自知。

爾許—如此。指如花美好的愛情是如此短暫。

愛方深—新婚。

鶯鶯燕燕—指春天之景。

休—不要。

絕句

竹影和詩瘦，梅花入夢香。
可憐今夜月，不肯下西廂。

王庭筠

「竹影」二句──竹與梅在中國士大夫心目中是高潔品格的象徵。這兩句寫竹、寫梅，寫詩、寫夢，字面上沒有「月」，卻讓人感受到月在其中。

可憐──可惜，遺憾。

晚望

周昂

煙抹平林水退沙，碧山西畔夕陽家。
無人鮮得詩人意，只有雲邊數點鴉。

晚望—作者傍晚凝神遠望。

平林—平原上的林木。

碧山—青山。

鮮—少。

詩人意—指詩人貶謫期間的孤寂情懷、報國無門的幽怨心境。

山雨

翁卷

一夜滿林星月白，亦無雲氣亦無雷。
平明忽見溪流急，知是他山落雨來。

星月白—指星星與月亮的光照得很亮。
雲氣—雲霧，霧氣。
平明—天剛亮的時候。
他山—別處的山。

鄉村四月

翁卷

綠遍山原白滿川，子規聲裡雨如煙。
鄉村四月閒人少，才了蠶桑又插田。

山原——山峰與原野。
了——結束。

雪梅【二首】

盧梅坡

其一

梅雪爭春未肯降，騷人擱筆費評章。
梅須遜雪三分白，雪卻輸梅一段香。

降—投降認輸。
騷人—詩人。
費評章—費盡心思評論，比喻難分高下。

其二

有梅無雪不精神，有雪無詩俗了人。
日暮詩成天又雪，與梅並作十分春。

「與梅」句—梅、雪、詩三者兼備，呈現如詩如畫的審美趣味。

湖上寓居雜詠

姜夔

荷葉披披一浦涼，青蘆奕奕夜吟商。
平生最識江湖味，聽得秋聲憶故鄉。

湖上—指杭州西湖。

披披—飄動的樣子。

奕奕—悠閒的樣子。

吟商—猶言吟秋。《禮記‧月令》：「孟秋之月，其音商。」故舊時亦稱秋為商。

過垂虹

姜夔

自作新詞韻最嬌，小紅低唱我吹簫。
曲終過盡松陵路，回首煙波十四橋。

嬌——音韻柔美婉約。

煙波——水面瀰漫煙霧。

除放自石湖歸苕溪【其二】

姜夔

少小知名翰墨場，十年心事只淒涼。
舊時曾作梅花賦，研墨於今亦自香。

翰墨場—文章匯集之處，比喻文壇。

梅花賦—唐代名相宋璟作，詩中以梅花自許。

研墨—反覆修改，可見作者心志嚮往。

亦自香—文學內涵感染人格。

風雨中誦潘邠老詩

韓淲

滿城風雨近重陽，獨上吳山看大江。
老眼昏花忘遠近，壯心軒豁任行藏。
從來野色供吟興，是處秋光合斷腸。
今古騷人乃如許，暮潮聲捲入蒼茫。

軒豁—開朗。
行藏—任用與歸隱，《論語》：「用之則行，舍之則藏，唯我與爾有是夫！」
野色—原野的景色。
合—應該。
騷人—失意的文人。
蒼茫—廣闊無邊。

新春喜雨

徐璣

農家不厭一冬晴，歲事春來漸有形。
昨夜新雷催好雨，蔬畦麥壟最先青。

歲事—農事。
有形—有好的跡象。
新雷—指開春初次打雷。
蔬畦—指菜圃。畦，田間劃分的長行。
麥壟—麥地。壟，高出地面中植作物的窄土堆。

寒夜

杜耒

寒夜客來茶當酒，竹爐湯沸火初紅。
尋常一樣窗前月，才有梅花便不同。

當——當作。
竹爐——一種燒炭煮水的爐灶。內部是泥土材質，外殼則以竹子編製而成。
湯——這裡指熱水、沸水。
初——剛剛。
尋常——平常，普通。
才——剛剛、方才的意思。

絕句

僧志南

古木陰中系短篷，杖藜扶我過橋東。
沾衣欲溼杏花雨，吹面不寒楊柳風。

系——連接。
扶我——見詩人待杖如友的趣味。

淮村兵後

戴復古

小桃無主自開花，煙草茫茫帶曉鴉。
幾處敗垣圍故井，向來一一是人家。

敗垣——破牆。

井——這裡指人口聚居處。井是聚居的重要標誌。有井處，方有人家。干戈寥落，家園破敗，最難移易的是井，最難毀損的是井，井是逝去生活的不移見證。因此，井最能觸動懷舊的心理。

向來——過去的景色。

絕句

葛天民

二十四友金谷宴，千三百里錦帆遊。
人間無此春風樂，樂極人間無此愁。

金谷二十四友—《晉書．劉琨傳》記載，劉琨、陸機、陸雲兄弟、歐陽建以及石崇等二十四人，經常聚集在石崇的別墅洛陽金谷園中，談論文學，吟詩作賦，時人稱之為「金谷二十四友」。

「千三」句—隋煬帝曾三次遊江都，所乘龍舟，帆皆錦製，香聞十里。第三次南遊後的次年（六一七年），李淵便起兵於太原，又隔一年，即被宇文化及等縊殺。李商隱〈隋宮〉：「春風舉國裁宮錦，半作障泥半作帆。」

約客

趙師秀

黃梅時節家家雨，青草池塘處處蛙。
有約不來過夜半，閒敲棋子落燈花。

黃梅時節—農曆四、五月間，江南梅子黃熟，大都是陰雨連綿的時候，故稱江南雨季為「黃梅時節」。

家家雨—家家戶戶都趕上下雨。形容處處都在下雨。

處處蛙—到處是蛙跳蛙鳴。

有約—即邀約友人。

落燈花—舊時以油燈照明，燈芯燒殘，落下來時好像一朵閃亮的小花。落，使……掉落。燈花，燈芯燃盡結成的花狀物。

山行

葉茵

青山不識我姓字，我亦不識青山名。
飛來白鳥似相識，對我對山三兩聲。

「青山」二句──寫主客相隔。

「飛來」二句──對動物產生的親切感，與天地萬物相融，意境提升。

寄江南故人

家鉉翁

曾向錢塘住，聞鵑憶蜀鄉。
不知今夕夢，到蜀到錢塘？

向—在。
蜀—四川。
鄉—寫在南宋覆滅後，家鄉為異族統治。
夢—回憶故國只能在夢中。

題江湖偉觀

劉黻

柳殘荷老客淒涼，獨對西風立上方。
萬井人煙環魏闕，千年王氣到錢塘。
湖澄古塔明寒嶼，江遠歸舟動夕陽。
北望中原在何所？半生贏得鬢毛霜。

獨—獨自，寫寂寞。
萬井人煙—人口繁盛。
魏闕—宮殿。
錢塘—暗言南宋偏居臨安。
「湖澄」二句—寫錢塘秀美，下襯國情悲哀。
贏得—言國勢將去，徒剩鬢毛上的寒霜。

武夷山中

謝枋得

十年無夢得還家，獨立青峰野水涯。
天地寂寥山雨歇，幾生修得到梅花？

還家—此詩作於南宋滅亡，抵抗元朝。

梅花—不須他人了解亦獨自綻放芬芳。

除夜

乾坤空落落，歲月去堂堂。
末路驚風雨，窮邊飽雪霜。
命隨年欲盡，身與世俱忘。
無復屠蘇夢，挑燈夜未央。

文天祥

除夜—元世祖忽必烈至元十八年除夕。這是關在燕京牢獄裡等死的詩。

乾坤—八卦中的兩爻，代表天地，衍生為陰陽、國家等。

空落落—空曠而冷清。

堂堂—公然的意思。「歲月去堂堂」意思是歲月公然地離我而去。

屠蘇—舊曆元旦日，照規矩合家團聚喝屠蘇酒。

「挑燈」句—包含「守歲」和「長夜漫漫何時旦」兩重意思。夜未央，天還沒亮。

過零丁洋

文天祥

辛苦遭逢起一經，干戈寥落四周星。
山河破碎風飄絮，身世浮沉雨打萍。
惶恐灘頭說惶恐，零丁洋裡嘆零丁。
人生自古誰無死，留取丹心照汗青。

遭逢—遭遇到朝廷選拔。

起一經—因精通某一經籍而通過科舉考試得官。文天祥在宋理宗寶佑四年（一二五六年）以進士第一名狀元。

干戈寥落—寥落意為冷清，稀稀落落。在此指宋元間的戰事已經接近尾聲。干戈，兩種兵器，這裡代指戰爭。寥落，荒涼冷落。南宋亡於一二七九年，此時已無力反抗。

四周星—四年。從德祐元年（一二七五年）正月起兵抗元至被俘恰是四年。

風飄絮—運用比喻的修辭手法，形容國勢如柳絮。

雨打萍—比喻自己身世坎坷，如同雨中浮萍，漂泊無根，時起時沉。

惶恐灘—在今江西萬安贛江，水流湍急，極為險惡，為贛江十八灘之一。宋瑞宗景炎二年（一二七七年），文天祥在江西空阬兵敗，經惶恐灘退往福建。

零丁洋—即「伶仃洋」，現在廣東省中山市南的珠江口。文天祥於宋末帝趙昺祥興元年（一二七八年）十二月被元軍所俘，囚於戰船中，次年正月，元軍都元帥張弘範攻打崖山，逼迫文天祥招降堅守崖山的宋軍統帥張世傑。於是文天祥寫了這首詩。

零丁—孤苦無依的樣子。

丹心—紅心，比喻忠心。

汗青—古時沒有紙，因此用竹簡紀錄史實，由於烘烤竹簡的時候會冒出汁液，猶如竹子冒汗，因此稱為汗青。

悟道詩

某尼

盡日尋春不見春，芒鞋踏遍隴頭雲。
歸來笑拈梅花嗅，春在枝頭已十分。

不見春—尋覓真理卻無所得。
踏遍—向外尋求。
已十分—真理本來俱足，不假外求。平常心即是道。

秋興【其二】

彭秋宇

西風捲地送淒涼，目斷歸帆落日黃。
雁過江天雲漠漠，龍遊滄海水茫茫。
故人入夢三更月，近事驚心兩鬢霜。
試把濁醪澆磊磈，尊中猶帶芷蘭香。

漠漠—雲緊密羅列的樣子。

濁醪—混濁的酒。

磊磈—群石高低不平。比喻心中積鬱難平。

芷蘭—香草，比喻品德高潔。

【卷二】

金元詩

題李儼黃菊賦

耶律洪基

昨日得卿黃菊賦，碎剪金英填作句。
袖中猶覺有餘香，冷落西風吹不去。

李儼—因被賜耶律姓，也稱耶律儼，析津（今北京）人，好學有詩名，為人勤敏，官至參知政事，深受道宗寵遇。
碎剪—細細地剪裁。
金英—即黃菊。
冷落—指冷清。

病中寄楚卿

劉著

月滿江樓午夜鐘，多情多病一衰翁。
行雲不道無行雨，只恐相逢是夢中。

午夜鐘—古代寺廟夜半報時的鐘聲。
多情—富於感情，常指對情人感情深摯。
衰翁—老翁。
行雲—本指神女。見宋玉〈高唐賦〉：「旦為朝雲，暮為行雨」。此指冶遊不歸的蕩子。

題畫屏

完顏亮

萬里車書一混同，江南豈有別疆封？
提兵百萬西湖上，立馬吳山第一峰。

車書一混同—指完顏亮期冀著像秦始皇那樣「書同文，車同軌」，萬里江山大一統。

吳山—山名，位於西湖邊。

提兵百萬、立馬吳山—意即不允許江南存在偏安一隅的小朝廷，他要踏平江南，教南宋君臣俯首於前。

論詩【其十二】

元好問

望帝春心託杜鵑，佳人錦瑟怨華年。
詩家總愛西崑好，獨恨無人作鄭箋。

「望帝」二句—脫胎自李商隱的〈錦瑟〉。

西崑—北宋初年，社會逐漸安定繁榮。宋太宗、真宗等國君，都曾獎賞能詩作賦的文士，君臣時常唱和，蔚成風氣。宋真宗景德二年到大中祥符元年，楊億、劉筠、錢惟演等館閣之臣在私閣奉詔修撰《冊府元龜》。他們在修書的餘暇也相互唱和，馳騁文辭，楊億編輯二百五十首詩，命名《西崑酬唱集》，取意崑崙山為傳說西王母之居，後人遂稱之為「西崑體」。

箋—指的是「經」、「傳」的注釋。

《後漢書・卷七十儒林傳下・衛宏傳》：「鄭玄作毛詩箋」。

「詩家」二句——元好問感歎後人都喜歡吟詠李商隱的詩，可惜沒有人能如同漢代的鄭玄註解詩經一樣，為李商隱的詩作充分的註解。

論詩絕句【其三】

元好問

暈碧裁紅點綴勻，一回拈出一回新。
鴛鴦繡了從教看，莫把金針度與人。

「暈碧」句—作者用繪畫、繡花作比喻來論詩。作畫要暈染、剪裁、點綴均勻，布置妥貼；寫詩也要在謀篇立意、用字用句上反覆斟酌。

莫—「無法」的意思。

金針—黃金做的針，轉借為「做事的秘訣」。金針比喻寫詩的心法。

芙蓉曲

薩都剌

秋江渺渺芙蓉芳，秋江女兒將斷腸。
絳袍春淺護雲暖，翠袖日暮迎風涼。
鯉魚吹浪江波白，霜落洞庭飛木葉。
蕩舟何處採蓮人，愛惜芙蓉好顏色。

渺渺—廣大無邊。
斷腸—指對情人相思。
絳袍—紅袍。
鯉魚—鯉魚風，指秋風。
愛惜—採蓮人愛惜芙蓉，暗問何人愛惜採蓮人。

題倪元鎮耕雲圖

宋濂

看院留黃鶴，耕雲種紫芝。
天下書讀盡，人間事不知。

倪元瓚—即倪瓚，字符鎮，號雲林，又署雲林子、雲林散人，無錫（今屬江蘇）人。著名畫家，其山水格調天真幽淡，畫史將他與黃公望、吳鎮、王蒙並稱元四家。「耕雲圖」即倪瓚所作的一幅畫。明人多喜為畫題詩。

「看院」句—語本唐白居易〈尋郭道士不遇〉：「看院只留雙白鶴，入門惟見一青松。」黃鶴，即鶴。這裡不用「白鶴」，因「白」為入聲字，與詩律平仄不調的緣故。

「耕雲」句—在山水間逍遙隱居之意。紫芝，類似靈芝，生於山地枯樹根上，道教以為是仙草。

天下書—北齊顏之推《顏氏家訓・勉學》：「觀天下書未遍，不得妄下雌黃。」

醉歌【其三】

汪元量

淮襄州郡盡歸降，鞞鼓喧天入古杭。
國母已無心聽政，書生空有淚成行。

醉歌——取借酒澆愁之意。

「淮襄」句——咸淳九年（一二七三）二月，宋襄陽知府兼京西安撫副使呂文煥以城降元，江淮諸郡亦先後降。三年後，元兵即入臨安。

鞞鼓——亦作「鼙鼓」，古代軍中用的一種小鼓，這裡指戰鼓。古杭，指南宋臨都城臨安。

國母——這裡指謝太后。

無心聽政——投降的飾稱。

醉歌【其十】

汪元量

伯顏丞相呂將軍，收了江南不殺人。
昨日太皇請茶飯，滿朝朱紫盡降臣。

伯顏—為元朝名將，身兼宰輔之才輔佐忽必烈，出征南宋時，世祖曾叮囑：「昔曹彬以不嗜殺平江南，汝其體朕心，為吾曹彬可也。」便謹遵命令，不侵擾當地百姓，也命軍隊不可擅入城池濫殺無辜，故作者感佩伯顏行軍有法，做此詩。

朱紫—宋朝官服的顏色依階級不同，在此為官員的代稱。

湖州歌【其六】

汪元量

北望燕雲不盡頭，大江東去水悠悠。
夕陽一片寒鴉外，目斷東南四百州。

燕雲—宋代曾設置燕山府路。

四百州—宋代全盛時期號稱八百州，四百州指南宋。

畫菊

鄭思肖

花開不併百花叢，獨立疏籬趣未窮。
寧可枝頭抱香死，何曾吹落北風中。

不併—不靠在一起。

抱香死—菊花凋謝後不會掉落，仍繫枝頭枯萎，喻高潔品格。

北風—寒冷的冬風，此借指殘暴的元朝勢力。

感時歌者

戴表元

牡丹紅豆豔春天，檀板朱絲錦色箋。
頭白江南一尊酒，無人知是李龜年。

檀板朱絲—均指樂器。檀板，用檀木製成的拍板。朱絲，指桐琴上的朱紅絲弦。

錦色箋—錦緞般璀璨的五彩箋。

李龜年—唐開元間樂工，常出入王侯之第，後流落江南，每遇良辰勝景，為人歌數闋，座中聞之皇室之音流落民間，憶起皇族之衰，莫不掩泣罷酒。言皇室衰敗，國家易主。

絕句

趙孟頫

春寒惻惻掩重門，金鴨香殘火尚溫。

燕子不來花又落，一庭風雨自黃昏。

惻惻─形容淒清冷漠的感覺。

金鴨─鴨形的香爐。

香殘─古人習慣在黃昏時開始焚香，可知「香殘」必然在夜深或將要拂曉的時刻。

「春寒」二句─從唐代詩人戴敘倫〈春怨〉中「金鴨香消欲斷魂，梨花春雨掩重門」演化而成。

墨梅

王冕

我家洗硯池頭樹，朵朵花開淡墨痕。

不要人誇顏色好，只留清氣滿乾坤。

墨梅——水墨畫梅無顏色。作者畫《梅花圖》贈良佐並題此詩於上。

洗硯池——即墨池，在今浙江紹興，相傳是王羲之洗硯處，因其常涮筆硯染黑池水。此句把自己與大書法家王羲之聯繫起來，側面映托自己的繪畫生涯。

清氣——清香之氣。

乾坤——天地、陰陽。此指人世間。

應教題梅

王冕

刺刺北風吹倒人，乾坤無處不沙塵。
胡兒凍死長城下，誰信江南別有春？

應教—出於六朝時，因太子、諸王的命令稱「教」，故奉命所做的詩稱為應教詩。此詩據說是應朱元璋所作的。

刺刺—風疾吹聲。

白梅

王冕

冰雪林中著此身，不同桃李混芳塵。
忽然一夜清香發，散作乾坤萬里春。

著──生長。
乾坤──天地。

漫成

楊維楨

西鄰昨日哭暴卒，東家今日悲免官。
今日不知來日事，人生可放酒杯乾。

漫成—隨感而發，信筆而成。

暴卒—突然死亡。

免官—解除官職。

臨平泊舟

黃庚

客舟繫纜柳陰旁，湖影侵篷夜氣涼。
萬頃波光搖月碎，一天風露藕花香。

篷——船篷。
搖——水面蕩漾。
一天——月光、風露、花香三者俱足，為富有意境悠閒的一日。

寒食

李俊民

為戀風光好，那堪節物催。
事隨浮世往，花似去年開。
莫灑無家淚，須傾有限杯。
詩人多少興，都向醉中來。

浮世—因人間浮沉聚散不定故稱。

興—見事物而心裡興起的感受詩意。

拒馬河

傅若金

落日蒼茫裡，秋風慷慨多。
燕雲餘古色，易水尚寒波。
絕岸船通馬，交沙路入河。
何人悲舊事，含憤說荊軻。

拒馬河—古淶水，和易水交匯，在今河北北部。劉琨曾抵拒石勒於此，故以拒馬稱此河。作者站在拒馬河邊，時值秋風落日、易水波寒而想起荊軻有感。

易水—水名，源於河北易縣，有南易、中易、北易三條水，此指中易，自定興縣西南向匯入拒馬河。荊軻刺秦王，在此與送行眾人相別。

荊軻—戰國時俠士，為燕太子丹所養，為其刺秦王嬴政，失敗被殺。見《史記・刺客列傳》。

【卷三】

明詩

征陳過瀟湘

朱元璋

馬渡江頭苜蓿香，片雲片雨渡瀟湘。
東風吹醒英雄夢，不是咸陽是洛陽。

「馬渡」句—以馬沉醉草料來映襯世局將起翻天覆地的變化。
「不是」句—咸陽是秦朝故都，洛陽是漢朝故都。朱元璋以劉邦自比，言此戰役與陳友諒如同楚漢兩雄相爭。成者為王，敗者為寇。

白燕

袁凱

故國飄零事已非，舊時王謝見應稀。
月明漢水初無影，雪滿梁園尚未歸。
柳絮池塘香入夢，梨花庭院冷侵衣。
趙家姊妹多相忌，莫向昭陽殿裡飛。

白燕——白尾的燕子，古代以為瑞鳥。

「月明」二句——以明月與雪比喻白燕，形容白燕之白。漢水，即今漢江。梁園，即梁苑，故址在今河南開封東南，為漢梁孝王劉武遊賞之所。

「柳絮」二句——以「柳絮」和「梨花」比喻白燕之白與體態之輕盈。

「趙家」二句——以漢成帝皇后趙飛燕與昭儀趙合德姊妹專寵妒忌事，反襯白燕處境艱難，當有以白燕自喻之意在。昭陽殿，漢代長安宮殿名，在未央宮內。

客中除夕

今夕為何夕，他鄉說故鄉。
看人兒女大，為客歲年長。
戎馬無休歇，關山正渺茫。
一杯椒葉酒，未敵淚千行。

袁凱

看人兒女—本地人的兒女。
為客—客居他鄉。
戎馬—戰爭。
關山—代指故鄉。
椒葉酒—新年祝福的酒。
未敵—醉酒未敵愁思。

清明呈館中諸公

高啟

新煙著柳禁垣斜，杏酪分香俗共誇。
白下有山皆繞郭，清明無客不思家。
卞侯墓下迷芳草，盧女門前映落花。
喜得故人同待詔，擬沽春酒醉京華。

館—指明代翰林院，官署名，掌制誥、修史、圖書等事。

新煙—或稱「新火」，唐宋習俗，清明前一日禁火寒食，到清明節再起火賜百官，稱為「新火」。

禁垣—皇宮的圍牆。

杏酪—傳統習俗，在寒食三日作醴酪，又煮粳米及麥為酪，搗杏仁作粥。

白下—古地名，在今江蘇南京西北。唐移金陵縣於此，改名白下縣。後用為南京的別稱。

郭—外城，古代在城外圍加築的一道城牆，這裡是泛指南京尚未完全竣工的城牆。

卞侯墓—卞侯即晉朝的卞壼，他曾任尚書令，後來在討伐蘇峻的叛亂中戰死，被埋葬於治城。

盧女—即莫愁，古樂府中傳說的女子。

待詔—待命供奉內廷的人，這裡指國史編修官。

沽—買。

春酒—冬釀春熟之舊。

京華—京城之美稱。這裡即指南京。

春暮西園

高啟

綠池芳草滿晴波，春色都從雨裡過。
知是人家花落盡，菜畦今日蝶來多。

晴波——太陽光映射在水面。

菜畦——菜園。

燕山春暮

張羽

金水橋邊蜀鳥啼，玉泉山下柳飛花。
江南江北三千里，愁絕春日客未歸。

金水橋—金水河上之橋。金水河在北京，金代引玉泉水東注三海，元代重修，名之金水河。明代城西故道廢，而南一支貫入宮內者，仍沿舊名。
蜀鳥—即杜鵑，又名子規、杜宇。
玉泉山—在北京市西北，山下有玉泉，故名。

師師檀板

瞿佑

千金一曲擅歌場，曾把新腔動帝王。
老大可憐人事改，縷衣檀板過湖湘。

師師—即李師師，北宋汴京名妓。
檀板—檀木製的拍板，一種用於控制音樂節奏的樂器。
擅歌場—指李師師唱曲技藝超群。擅場，指強者勝過弱者，專據一場，後指技藝超群。
新腔—歌曲中新穎脫俗的腔調。
帝王—指宋徽宗。
老大—年華老去。
人事—人世間事。
縷衣—本指飾以金縷的舞衣，此指破爛的衣服。
湖湘—今湖南洞庭湖與湘江一帶。唐宋時湖湘少開發，多為官員遷謫之所。

天平山中

楊基

細雨茸茸濕楝花，南風樹樹熟枇杷。
徐行不記山深淺，一路鶯啼送到家。

天平山—在今江蘇吳線縣靈巖山北，山中以楓、泉、石著稱於世。

茸茸—柔細濃密的樣子。

楝花—楝樹的花。楝，落葉喬木，四五月間開淡紫色小花，有清香。

深淺—這裡指山路遠近。

春雁

王恭

春風一夜到衡陽，楚水燕山萬里長。
莫道春來便歸去，江南雖好是他鄉。

一夜—形容春天驟然到來，大雁便馬上想動身回鄉。

衡陽—衡山之南，相傳為大雁過冬南飛的邊界，春季即北返。

楚水燕山—楚水為江南的江湖之地，燕山則為北方的大雁故鄉，形容南北距離路途之遠。

江南—在此借代成官場的繁華富貴。借大雁的思鄉情懷表明厭倦官場的心情，此詩為返鄉途中所作。

題龍陽縣青草湖

唐珙

西風吹老洞庭波，一夜湘君白髮多。
醉後不知天在水，滿船清夢壓星河。

湘君—堯的女兒，舜的妃子，死後化為湘水女神。
天在水—天上的銀河映在水中。

劉伯川席上作

楊士奇

飛雪初停酒未消，溪山深處踏瓊瑤。
不嫌寒氣侵入骨，貪看梅花過野橋。

劉伯川—字東之，進士出身。作者十四歲時與朋友陳孟潔拜訪劉伯川，三人飲酒後漫步作詩，陳作另首：「十年勤苦事雞窗，有志青雲白玉堂。會待香風楊柳陌，紅樓爭看綠衣郎。」劉笑陳孟潔以後當為風流進士，而楊士奇雖如梅花苦寒，後定成大器。後陳成翰林庶吉士，楊官至少師。

瓊瑤—美玉，比喻皎潔的水上月色。

斧

斫削群才到鳳池，良工良器兩相資。

他年好攜朝天去，奪取蟾宮第一枝。

解縉

斫—砍。

鳳池—古代禁苑中的池沼，為中書省所在地。

資—資助，幫忙。

蟾宮—中舉登科。

石灰吟

于謙

千錘萬鑿出深山，烈火焚燒若等閒。
粉身碎骨全不怕，要留清白在人間。

石灰—由石灰石煅燒而成的白色硬塊，可用於軍事、建築等。此詩以詠物明志。

「千錘」句—形容石灰石礦的開採過程。

「烈火」句—指石灰的鍛燒過程。等閒，平常。

春日客懷

于謙

年年馬上見春風，花落花開醉夢中。
短髮經梳千縷白，衰顏借醉一時紅。
離家自是尋常事，報國慚無尺寸功。
蕭澀行囊君莫笑，獨留長劍倚晴空。

衰顏—老去的容顏。

尺寸功—微小的功績。

蕭澀—窮困。

「長劍」句—英雄遠大的志向。

折花仕女

沈固

去年人別花正開，今日花開人未回。

紫恨紅愁千萬種，春風吹入手中來。

紫恨紅愁—花朵再次綻放，更顯時光流逝而等待成空。

「春風」句—花因春風而開，不明寫摘花而寫吹入手中，別具巧思。

詠菊

丘濬

淺紅淡白間深黃，簇簇新妝陣陣香。
無限枝頭好顏色，可憐開不為重陽。

間—相雜。
簇—聚集成團成堆。
新妝—早開或初綻放，花色正美如畫新妝。
可憐—值得人憐愛，正是因為菊花不為世俗的節日所開放，寫其孤傲的德行。

明日歌

錢福

明日復明日，明日何其多。
我生待明日，萬事成蹉跎。
世人若被明日累，春去秋來老將至。
朝看水東流，暮看日西墜。
百年明日能幾何？請君聽我明日歌。
明日復明日，明日何其多！
日日待明日，萬世成蹉跎。
世人皆被明日累，明日無窮老將至。

復──又。
蹉跎──虛度光陰。
明日累──被推託明日的藉口所拖累。
幾何──多少，指光陰短暫。

晨昏滾滾水東流，今古悠悠日西墜。

百年明日能幾何？請君聽我明日歌。

悠悠——渺遠無盡的樣子。

新春日

祝允明

拂旦梅花發一枝，融融春氣到茅茨。
有花有酒有吟詠，便是書生富貴時。

拂旦──拂曉，黎明。
發一枝──出自唐齊己〈早梅〉：「前村深雪裡，昨夜一枝開。」
融融──和暖。
茅茨──簡陋的居室。

閶門夜泊

文徵明

闔閭城西暮雨收，西虹橋下水爭流。
蒼茫野色千山隱，突兀寒煙萬堞浮。
煙火旗亭喧夜市，月明歌吹滿江樓。
烏啼不復當時境，依舊鐘聲到客舟。

闔閭城——蘇州的別稱。
虹橋——拱曲如虹的長橋。
野色——原野或郊野的景色。
突兀——高聳。
堞——城上呈齒形的矮牆，即女牆。
旗亭——市樓，為古代指揮市集交易之地，上立有旗，故稱。
夜市——夜間的集市。
歌吹——歌唱奏樂。
江樓——水邊酒樓。

子弟

文徵明

末郎旦女假為真，便說忠君與孝親。
脫卻戲衣還本相，裡頭不是外頭人。

末郎—飾演「末」行當的演員。末，戲曲行當名，扮演男子的角色。
旦女—飾演「旦」行當的演員。
戲衣—演戲時穿的服裝。
還—還原。

月夜登閶門西虹橋

文徵明

白霧浮空去渺然，西虹橋上月初圓。
帶城燈火千家市，極目帆檣萬里船。
人語不分塵似海，夜寒初重水生煙。
平生無限登臨興，都落風欄露楯前。

渺然—悠遠。
檣—船的桅杆。
人語不分—人多到不知語音由誰發出。
平生—一生。
登臨興—登高的興致。
楯—欄杆。

桃花庵歌

唐寅

桃花塢裡桃花庵，桃花庵裡桃花仙。
桃花仙人種桃樹，又折花枝當酒錢。
酒醒只在花前坐，酒醉還須花下眠。
花前花後日復日，酒醉酒醒年復年。
不願鞠躬車馬前，但願老死花酒間。
車塵馬足貴者趣，酒盞花枝貧者緣。
若將富貴比貧賤，一在平地一在天。
若將貧賤比車馬，他得驅馳我得閒。

桃花庵—桃花塢建屋，名為桃花庵。

「不願」句—唐寅受徐經科舉舞弊案牽連，失去考試應官資格。

世人笑我太瘋顛，我笑世人看不穿。
不見五陵豪傑墓，無酒無花鋤作田。

五陵—漢朝的長陵、安陵、陽陵、茂陵平陵五座皇陵，皇陵周圍是富家豪族和外戚陵墓，後指豪門貴族。

「無酒」句—繁華轉眼空，假以時日富貴皇陵將成一片田野。

夜讀

唐寅

夜來欹枕細思量，獨臥殘燈漏夜長。
深慮鬢毛隨世白，不知腰帶幾時黃。
人言死後還三跳，我要生前做一場。
名不顯時心不朽，再挑燈火看文章。

欹枕—依靠枕頭。
漏夜—深夜。
隨世白—隨著時間而發白。
腰帶幾時黃—腰帶鑲有金玉，比喻富貴。
三跳—相傳老虎死前仍會跳躍掙扎，說明奮鬥到最後。
不朽—壯志仍未被磨平。

把酒對月歌

唐寅

李白前時原有月，惟有李白詩能說。
李白如今已仙去，月在青天幾圓缺？
今人猶歌李白詩，明月還如李白時。
我學李白對明月，白與明月安能知！
李白能詩復能酒，我今百杯復千首。
我愧雖無李白才，料應月不嫌我醜。
我也不登天子船，我也不上長安眠。
姑蘇城外一茅屋，萬樹梅花月滿天。

仙去—過世的委婉說法。

幾圓缺—圓缺變換的無數次，指時光流逝。

不登天子船、不上長安眠—化用杜甫〈飲中八仙歌〉：「李白一斗詩百篇，長安市上酒家眠。天子呼來不上船，自稱臣是酒中仙。」如同李白不求富貴。

嘆世

唐寅

坐對黃花舉一殤，醒時還憶醉時狂。
丹砂豈是千年藥，白日難消兩鬢霜。
身後碑銘徒自好，眼前傀儡任他忙。
追思浮生真成夢，到底終須有散場。

殤——未成年而夭折。
丹砂——用來延續生命的丹藥。
碑銘——墓誌銘。
傀儡——人生常為他物所役使，不得自由。
浮生——空虛不實的人生。

臨終詩

唐寅

生在陽間有散場，死歸地府又何妨。
陽間地府俱相似，只當飄流在異鄉。

「只當」句──人生漂泊實苦，死亡頂多相似，苦難又如何加之。曠達的背後意涵可深體會之。

龍潭夜坐

王守仁

何處花香入夜清，石林茅屋隔溪聲。
幽人月出每孤往，棲鳥山空時一鳴。
草露不辭芒屨濕，松風偏與葛衣輕。
臨流欲寫猗蘭意，江北江南無限情。

芒屨—草鞋。
葛衣—夏秋所穿的衣服。
猗蘭—又名〈幽蘭操〉，世言孔子作。孔子傷不逢時，以蘭薺麥自喻。

詠良知

王守仁

無聲無臭獨知時，此是乾坤萬有基。
抛卻自家無盡藏，沿門持鉢效貧兒。

臭—氣味。
知—覺知。
「此是」句—覺知含納萬物，是展現一切的基礎。
無盡藏—無窮的寶藏。
「沿門」句—人心總向外馳求，卻不知萬物之妙存乎一心。

泛海

王守仁

險夷原不滯胸中，何異浮雲過太空。
夜靜海濤三萬里，月明飛錫下天風。

險夷—艱難、險阻。
滯—掛懷。
浮雲過太空—難關終會如浮雲般消散。
飛錫—和尚雲遊用的禪杖。
天風—乘天地之風而行。

蔽月山房

王守仁

山近月遠覺月小，便道此山大於月。
若有人眼大如天，當見山高月更闊。

蔽月山房—此詩為王陽明十歲所作，透過月跟山的相對大小，告訴讀者人不應宥於眼前所見，應站在更高、更宏觀的格局普照萬物，提升個人境界，深具哲理。

冬

雲凍欲雪未雪，梅瘦將花未花。
流水小橋山寺，竹籬茅舍人家。

康海

欲雪未雪、將花未花—在不變當中寫變化。

嫦娥

邊貢

月宮清冷桂團團，歲歲花開只自攀。
共在人間說天上，不知天上憶人間。

自攀——獨自摘花，寫其寂寞。

「共在」二句——人總羨慕未知和未得的，不知月宮嫦娥的冷清與寂寞，反而是欣羨人間的。

重贈吳國賓

邊貢

漢江明月照歸人，萬里秋風一葉身。

休把客衣輕浣濯，此中猶有帝京塵。

明月照歸人——思念及有情如月相隨。

浣濯——洗滌。

帝京塵——莫忘重回京城的志向及友誼。

偶見

徐禎卿

深山曲路見桃花，馬上匆匆日欲斜。
可奈玉鞭留不住，又銜春恨到天涯。

玉鞭—鞭柄鑲有玉飾的馬鞭。
春恨—春愁、春怨。
到天涯—遠行天涯。

竹枝詞

何景明

十二峰頭秋草荒，冷煙寒月過瞿塘。
青楓江上孤舟客，不聽猿啼亦斷腸。

瞿塘—瞿塘峽水勢歷來凶險。

斷腸—作者親身經歷，景象的確令人心驚膽駭。

無題

楊慎

石頭城畔莫愁家，十五纖腰學浣紗。
堂下石榴堪系馬，門前楊柳可藏鴉。
景陽妝罷金星出，子夜歌殘壁月斜。
肯信紫台玄朔夜，玉顏珠淚泣琵琶。

石頭城—古城名。又名石首城。故址在今江蘇省南京市清涼山。本楚金陵城，漢建安十七年孫權重築改名。城負山面江，南臨秦淮河口，當交通要衝，六朝時為建康的軍事重鎮。

莫愁—古樂府中的傳說女子。

紫台—皇宮。杜甫〈詠懷古跡〉：「一去紫臺連朔漠，獨留青塚向黃昏。」指漢代王昭君的遭遇。

朔夜—北方的夜晚。

夜宿瀘山

楊慎

老夫今夜宿瀘山，驚破天門夜未關。
誰把太空敲粉碎，滿天星斗落人間。

滿天星斗—西昌有火把節，此處以繁天星斗比喻火把眾多。

獨坐

有客開青眼，無人問落花。
暖風熏細草，涼月照晴沙。
客久翻疑夢，朋來不憶家。
琴書猶未整，獨坐送晚霞。

李贄

「有客」句—若有客來訪將表示歡迎。青眼，對人的喜矮或器重，與「白眼」相對。

落花—作者自喻。

熏—溫暖和煦。

晴沙—原指陽光照耀下的沙灘，這裡指月下沙灘。

「客久」句—客居在外久了，使得他反而有了一種不真實的錯覺，像是夢境裡一樣飄忽不定，夢醒時又能回到家中安穩度日的時光。

琴書—琴和書籍，古代為文人雅士清高生涯常伴之物。

馬上作

戚繼光

南北驅馳報主情，江花邊草笑平生。
一年三百六十日，多是橫戈馬上行。

驅馳—戰馬奔馳。
「江花」句—江和花朵似乎嘲笑作者一輩子無暇欣賞景致。

舟泊珠江

釋德清

月色澹如水，潮平寒似空。
孤舟橫野渡，人在有無中。

潮平—潮水漲至最高水位，又稱滿潮。

澹—清淡、不濃烈。漢．王充《論衡．自紀》：「狄牙和膳，肴無澹味。」

七夕醉答君東

湯顯祖

玉茗堂開春翠屏，新詞傳唱牡丹亭。
傷心拍遍無人會，自掐檀痕教小伶。

七夕—農曆七月初七，一名乞巧節或女兒節。

君東—劉淛（一五四四—一六一四），字君東，號匡南，晚號約堂，泰和（今屬江西）人。慕陶淵明為人，投牒不仕，交遊四方文士，深究陽明心學。

玉茗堂—是湯顯祖在故鄉臨川城內沙井巷的住所。

春翠屏—綠色屏風。

牡丹亭—《玉茗堂四夢》之一，又名《還魂記》、《牡丹亭還魂記》，為湯顯祖的代表作。

「傷心」句—拍遍，有全劇的曲牌節奏、演唱技巧等含義。會，心領神會。

掐檀痕—唱腔的節奏控制。檀痕，這裡指檀板，又稱拍板、綽板，用檀木一類的堅木數片，以繩串聯，用以擊節。

小伶—年幼的優伶（表演者）。

夜泉

袁中道

山白鳥忽鳴，石冷霜欲結。
流泉得月光，化為一溪雪。

山白—山受月光籠罩，側寫月光皎潔。
石冷—石頭被月光照冷，側寫月光的冷冽。

寄弟

徐熥

春風送客翻愁客，客路逢春不當春。
寄語鶯聲休便老，天涯猶有未歸人。

「春風」句—逢春當喜悅，但是美好的春光卻要與親人離別，故轉為悲愁。

不當春—因為離別，雖然身處春天卻沒有春意的感受。

休便老—希望鳥鳴聲不要止息，以免春天消逝，人還未重逢又增長年歲。

漁家

孫承宗

呵凍提篙手未蘇，滿船涼月雪模糊。
畫家不識漁家苦，好作寒江釣雪圖。

呵凍—天寒手凍，從口呵出暖氣使手溫暖。
篙—撐船的竹竿。
蘇—活絡。
不識—缺乏同理的感受。
「好作」句—反諷過去專注寫作意境的文人。作者反而聚焦在人民生活的辛苦。

宮人斜

徐興公

空山溟溟夜沉沉，多少芳魂不可尋。
莫怨埋香在黃土，長門深比墓門深。

宮人斜——古代宮人的墓地。

溟溟——幽暗迷茫。

黃土——墓地。

長門——武帝廢陳阿嬌后位後幽禁在長門宮，在此比喻後宮遭禁，同生不如死。

金陵後觀棋絕句

錢謙益

寂寞枯枰響泬寥，秦淮秋老咽寒潮。
白頭燈影涼宵裡，一局殘棋見六朝。

枯枰—棋盤。
泬寥—曠蕩空虛的樣子。
秦淮—秦淮河。
咽—聲音阻塞且低沉。
六朝—三國東吳、東晉及南朝宋、齊、梁、陳史稱「六朝」，藉思南明。

讀牡丹亭絕句

馮小青

冷雨幽窗不可聽，挑燈閒看牡丹亭。
人間亦有癡於我，豈獨傷心是小青？

馮小青—明代廣陵世家女，姿容冠絕。父死家敗，委身富家子馮生，為大婦所不容，乃幽居西湖孤山，尋抑鬱而卒。

癡—對自由愛情的嚮往與執著。

「豈獨」句—《牡丹亭》喚起當代眾多婚姻不幸、無法追求自由愛情的女子傷悲，豈止作者如此傷心。

遇舊友

吳偉業

已過才追問，相看是故人。
亂離何處見，消息苦難真。
拭眼驚魂定，銜杯笑語頻。
移家就吾住，白首兩遺民。

亂離——戰亂。
銜杯——飲酒。
就——親近。
遺民——前朝的子民。

圓圓曲

吳偉業

鼎湖當日棄人間，破敵收京下玉關。
慟哭六軍俱縞素，衝冠一怒為紅顏。
紅顏流落非吾戀，逆賊天亡自荒宴。
電掃黃巾定黑山，哭罷君親再相見。
相見初經田竇家，侯門歌舞出如花。
許將戚裡箜篌伎，等取將軍油壁車。
家本姑蘇浣花裡，圓圓小字嬌羅綺。
夢向夫差苑裡遊，宮娥擁入君王起。

鼎湖—相傳為皇帝乘龍升天處，此處指崇禎皇帝身亡。
縞素—喪服，憑弔崇禎。
逆賊—指闖王李自成。
君親—崇禎與吳三桂親屬。
田竇—西漢竇嬰，指皇室外戚。
戚裡—皇親國戚的居住地。
箜篌伎—指陳圓圓。
油壁車—古代女子所乘的車。
嬌—面容姣好。
羅綺—服飾高貴華麗。

前身合是採蓮人，門前一片橫塘水。
橫塘雙槳去如飛，何處豪家強載歸。
此際豈知非薄命，此時只有淚沾衣。
薰天意氣連宮掖，明眸皓齒無人惜。
奪歸永巷閉良家，教就新聲傾坐客。
坐客飛觴紅日暮，一曲哀絃向誰訴。
白皙通侯最少年，揀取花枝屢回顧。
早攜嬌鳥出樊籠，待得銀河幾時渡。
恨殺軍書抵死催，苦留後約將人誤。
相約恩深相見難，一朝蟻賊滿長安。

合是—應是。

宮掖—古代嬪妃住處，指宮中。

永巷—宮中用來幽禁有最宮女的地方，此指田宏遇家。

通侯—爵位名，指吳三桂。

殺—極。

可憐思婦樓頭柳，認作天邊粉絮看。
遍索綠珠圍內第，強呼絳樹出雕欄。
若非壯士全師勝，爭得蛾眉匹馬還。
蛾眉馬上傳呼進，雲鬟不整驚魂定。
蠟炬迎來在戰場，啼粧滿面殘紅印。
專征簫鼓向秦川，金牛道上車千乘。
斜谷雲深起畫樓，散關日落開妝鏡。
傳來消息滿江鄉，烏桕紅經十度霜。
教曲伎師憐尚在，浣紗女伴憶同行。
舊巢共是銜泥燕，飛上枝頭變鳳凰。

綠珠、絳樹—兩者皆為古代著名歌女，在此都為陳圓圓的代稱。

爭得—怎麼能。

浣紗女伴—前面以西施比喻陳圓圓美貌，此指曾是妓女時的同伴。

長向尊前悲老大，有人夫壻擅侯王。
當時只受聲名累，貴戚名豪競延致。
一斛明珠萬斛愁，關山漂泊腰肢細。
錯怨狂風颺落花，無邊春色來天地。
嘗聞傾國與傾城，翻使周郎受重名。
妻子豈應關大計，英雄無奈是多情。
全家白骨成灰土，一代紅妝照汗青。
君不見，
館娃初起鴛鴦宿，越女如花看不足。
香徑塵生鳥自啼，屧廊人去苔空綠。

老大—容顏老去。

斛—十斗為一斛。

颺—風吹。

春色—跟前面的苦難相比，生活已轉安定平順。

重名—三國吳國名將周瑜，因娶了小喬更加出名。

照汗青—在歷史留名。

館娃宮—春秋時吳王夫差為西施所建造的居所。

越女—西施。

換羽移宮萬裡愁，珠歌翠舞古梁州。
為君別唱吳宮曲，漢水東南日夜流。

書事

黃宗羲

初晴泥路覺盤跚，聽徹松濤骨亦寒。
莫恨西風多凜烈，黃花偏奈苦中看。

盤跚—同「蹣跚」。跛行的樣子。
聽徹—透徹深入地聽。
黃花—指菊花。
奈—通「耐」。禁得起。

不寐

黃宗羲

年少雞鳴方就枕，老人枕上待雞鳴。
轉頭三十餘年事，不道銷磨只數聲。

不道——不料。
銷磨——時光如金石相互銷靡，漸漸磨滅，數十年光陰在雞鳴的起落聲中轉眼消逝。

和阮亭〈秋柳〉詩原韻【選一】

冒襄

南浦西風合斷魂，數枝清影立朱門。
可知春去渾無跡，忽地霜來漸有痕。
家世凄涼靈武殿，腰肢憔悴莫愁村。
曲中舊侶如相憶，急管哀箏與細論。

南浦—南面的水邊。後常用稱送別之地。
朱門—指富貴之家。
渾—全。
曲中舊侶—昔日共同演奏聽曲的人。
急管哀箏—以音調借指生命中的起伏。
細論—細細討論，一一道來。

百嘉村見梅花

龔鼎孳

天涯疏影伴黃昏，玉笛高樓自掩門。
夢醒忽驚身是客，一船寒月到江村。

疏影──梅花枝條間隙的投影。
玉笛高樓──在高樓吹奏樂曲。

【卷四】

清詩

題城牆

江陰女子

雪胔白骨滿疆場，萬里孤臣未肯降。
寄語行人休掩鼻，活人不及死人香。

胔—腐爛的肉。
疆場—戰場。
寄語—傳話。
死人香—戰死軍士的高尚氣節。

桃花扇傳奇題辭

陳于王

玉樹歌殘跡已陳，南朝宮殿柳條新。
福王少小風流慣，不愛江山愛美人。

桃花扇—清代孔尚任以詩扇為線索，藉離合之情寫興亡之感，寫明末南明滅亡的歷史劇。。

玉樹歌—指陳後主所作〈玉樹後庭花〉，借指亡國之音。

福王—朱常洵，驕奢淫逸，後為李自成所殺。

題息夫人廟

鄧漢儀

楚宮慵掃眉黛新，只自無言對暮春。
千古艱難惟一死，傷心豈獨息夫人。

息夫人—春秋時陳國人。因為先後嫁與息侯、楚文王，也因姿色美豔而被稱為「桃花夫人」。

黛—黑青色顏料，用來畫眉。

無言—息夫人後被迫嫁與楚文王，終日沉默。楚文王追問原因，息夫人已嫁二夫，既不能死，當無言以對。

煎鹽絕句

吳嘉紀

白頭竈戶低草房，六月煎鹽烈火旁。
走出門前炎日裡，偷閒一刻是乘涼。

竈戶—熬鹽為業的人家為竈戶。

船中曲

吳嘉紀

儂是船中生，郎是船中長，
同心苦亦甘，弄篙復盪槳。

儂——第一人稱我。
生、長——文意互見，同船同體亦同心。
弄、盪——無意前進，兩人相聚處便是理想天地，從此二字見其情纏綿。

憶西湖

張煌言

夢裡相逢西子湖，誰知夢醒卻模糊。
高墳武穆連忠肅，添得新祠一座無。

武穆—岳飛。張煌言乃抗清名將，與岳飛境遇相似。
忠肅—忠誠恭敬。
「添得」句—指百年來再無如岳飛般受人尊敬供奉的人。

甲辰八月辭故里

張煌言

國亡家破欲何之？西子湖頭有我師。
日月雙懸於氏墓，乾坤半壁岳家祠。
慚將赤手分三席，敢為丹心借一枝。
他日素車東浙路，怒濤豈必屬鴟夷！

日月雙懸—借指明朝。
岳家—岳飛。

素車—弔喪的車馬。
鴟夷—酒革。伍子胥以死勸諫吳王被拒，屍體被吳王裝在「鴟夷革」，扔進江裡。

書懷

張煌言

一劍橫磨近十霜，端然搔首看天狼。
勳名幾誤乘槎客，意氣全輕執戟郎。
圯上書傳失絳灌，隆中策定起高光。
山河縱破人猶在，試把興亡細較量。

一劍—取賈島「十年磨一劍，霜刃未曾試」的典故。
天狼—古代以天狼星比喻入侵者。端然搔首指對敵情的審慎判斷。
執戟郎—古時的宮廷侍衛。
乘槎客—乘坐竹、木筏。喻指游仙之人。
圯上書傳—張良於圯上得黃石公傳授黃石兵書。
失絳灌—使侯灌嬰等名將相形失色。
隆中策—諸葛亮的隆中對使漢高祖與和光武帝的基業得以復興。

春望

屈大均

煙雨催春春欲歸，荒城最少是芳菲。
生憎浦口多鴻雁，食盡蘆花未北飛。

芳菲—花木芳香而絢麗。

憎—怨恨。

花前

屈大均

花前小立影徘徊，風解羅裙百折開。
已有淚光同白露，不須明月上衣來。

白露—露水。

「不須」—淚、露、月光三者潔白無瑕，象徵真摯的情感。

別雲間

夏完淳

三年羈旅客，今日又南冠。
無限河山淚，誰言天地寬！
已知泉路近，欲別故鄉難。
毅魄歸來日，靈旗空際看。

羈旅—停留他鄉。
南冠—楚人鍾儀被晉所俘，頭戴楚冠。而楚位於南方，故用來借代囚犯。
泉路—黃泉路，死後埋葬的地方。
毅魄—堅毅不拘的靈魂。
靈旗—招魂的旗子。

讀秦記

陳恭尹

謗聲易弭怨難除，秦法雖嚴亦甚疏。
夜半橋邊呼孺子，人間猶有未燒書。

弭—消滅。

疏—疏漏，指嚴厲反而不得民心。

「夜半」句—黃石公與張良相約半夜見面授予兵書。

虎丘題壁

陳恭尹

虎跡蒼茫霸業沉，古時山色尚陰陰。
半樓月影千家笛，萬里天涯一夜砧。
南國干戈征士淚，西風刀剪美人心。
市中亦有吹箎客，乞食吳門秋又深。

虎丘——蘇州名勝，相傳內有春秋時吳王闔閭墓。

一夜砧——一整夜的搗衣聲，「砧」為搗衣石。

吹箎客——箎為竹製樂器。為伍子胥的代稱，他於父兄被楚王殺害後，逃往吳國，吹箎乞食於吳市。

題聊齋志異

王士禎

姑妄言之姑聽之，豆棚瓜架雨如絲。
料應厭作人間語，愛聽秋墳鬼唱詩。

「料應」句——《聊齋》述玄幽而刺陽世，人言詭詐不如鬼語真切老實。揆諸《聊齋》所敘冥眾性情多真，人心反卻惡劣。

秋柳【其一】

王士禎

秋來何處最銷魂？殘照西風白下門。
他日差池春燕影，只今憔悴晚煙痕。
愁生陌上黃驄曲，夢遠江南烏夜村。
莫聽臨風三弄笛，玉關哀怨總難論。

銷魂—使人感傷。

白下—唐朝時將金陵改為白下，為現南京。

差池—參差不齊，指燕子來回飛動。

黃驄曲—唐太宗愛馬，黃驄後死於戰場，作曲紀念。

冶春【其七】

王士禛

三月韶光畫不成，尋春步屧可憐生。
青蕪不見隋宮殿，一種垂楊萬古情。

冶春——冶通「野」，遊春。
韶光——美好的時光。
步屧——漫步。
青蕪——雜草叢生。

秦淮雜詩

王士禎

年來腸斷秣陵舟，夢繞秦淮水上樓。
十日雨絲風片裡，濃春豔景似殘秋。

秣陵—南京。
夢繞—在夢中回憶。
雨絲風片—細雨微風。
似殘秋—看見春日美景卻無法改變悲哀如秋日的心境。

真州絕句

王士禛

江干多是釣人居，柳陌菱塘一帶疏。
好是日斜風定後，半江紅樹賣鱸魚。

江干—江邊。
柳陌—種柳樹的街道。

邯鄲道上

宋犖

邯鄲道上起秋聲，古木荒祠野潦清。
多少往來名利客，滿身塵土拜盧生。

荒祠—荒廢的祠廟。
潦清—野外的流水。
盧生—《枕中記》中的主角，在夢中經歷一場虛幻的榮華富貴。

張英家書

張英

千里修書只為牆，讓他三尺又何妨？
萬里長城今猶在，不見當年秦始皇。

修書—寄信。
三尺—張英為康熙年間宰相，府邸與鄰居吳家在界線劃分上有爭議，愈演愈烈，家人便飛書張英告知此事。張英看信後，僅回了這首詩，家人便將宅邸退了三尺，吳家見宰相有如此氣度，也自退三尺，形成一條六尺寬的巷子，稱「六尺巷」，現仍存於安徽省桐城市。
「不見」句—人生富貴轉眼消逝，何必為一堵牆而發愁計較。

和王士禎

蒲松齡

志異書成共笑之，布袍蕭索鬢如絲。
十年頗得黃州意，冷雨寒燈夜話時。

志—通「誌」，紀錄。
蕭索—破敗。
黃州意—自比如蘇東坡被貶黃州的心境。
夜話時—在夜晚中與朋友相談，抒發情懷。

九日望日懷張歷友

蒲松齡

臨風惆悵一登臺，台下黃花次第開。
名士由來能痛飲，世人元不解憐才。
蕉窗酒醒聞疏雨，石徑雲深長綠苔。
搖落寒山秋樹冷，啼烏猶帶月明來。

次第——依序。

由來——向來。

蕉窗——與打芭蕉的聲音從窗傳入。

次青縣題壁

吳雯

去年九月長安來，鯉魚風起船旗開。
本年三月舊山去，馬上綠楊掠飛絮。
舊山風景復何如？昨日家人有報書：
當門萬里昆侖水，千點桃花尺半魚。

鯉魚風—九月風。李商隱〈河內詩〉：「後溪暗起鯉魚風，船旗閃斷芙蓉干。」

桃花扇 ◎四十齣・入道

孔尚任

白骨青灰長艾蕭，桃花扇底送南朝。
不因重做興亡夢，兒女濃情何處消。

艾蕭——艾草與臭草的合稱。古時屬賤草，此處指南明奸佞。

桃花扇 ◎續四十齣・餘韻

孔尚任

漁樵同話舊繁華，短夢寥寥記不差。
曾恨紅箋啣燕子，偏憐素扇染桃花。
笙歌西第留何客，煙雨南朝換幾家。
傳得傷心臨去語，每年寒食哭天涯。

「漁樵」句－改行漁翁樵夫的柳敬亭、蘇昆生，回憶南明的興衰。

紅箋－傳奇名。明阮大鋮作。演唐士人霍都梁與酈學士女飛雲及妓女華行雲遇合的故事，劇中關目為燕子銜箋，故稱為「燕子箋」。借指南明奸黨。

素扇－指李香君和侯方域，侯方域是復社領袖。

染桃花－李香君為奸黨所迫，寧死不屈血染與侯方域定情的素扇，後畫家將血跡畫為桃花。

舟夜書所見

查慎行

月黑見漁燈，孤光一點螢。
微微風簇浪，散作滿河星。

簇──水波層層散作漣漪狀，可見風的確微微。

秣陵懷古

納蘭性德

山色江聲共寂寥，十三陵樹晚蕭蕭。
中原事業如江左，芳草何須怨六朝？

秣陵—即今南京，又稱金陵。歷史上是六朝國都，明初國都即建於此，大明覆滅後，南明弘光朝亦建都於此。

山色江聲—指南京鍾山之色、長江之聲。

寂寥—無形無聲的樣子。

十三陵—明代自成祖到思宗十三位皇帝的陵墓，在北京昌平天壽山南麓。

中原事業—指北京明王朝的大業。

六朝—原指先後建都於南京的東吳、東晉與南朝宋、齊、梁、陳六朝。此指代亦建都南京的南明弘光朝。

御溝怨

趙執信

水自御溝出，流將何處分？
人間每嗚咽，天上詎知聞！

御溝——指流經御苑或環繞宮牆的水道。
分——御溝與非御溝的分界。
天上——指帝王。
詎——豈。

冷泉關

趙執信

霜凝疏樹下殘葉，馬踏寒雲穿亂山。
十月行人覺衣薄，曉風吹送冷泉關。

冷泉關—在山西靈縣北四十里，為南北咽喉。
疏樹—枝葉稀疏的樹。
亂山—參差不齊的群山。
行人—旅人。作者自稱。

題旅店

王九齡

曉覺茅簷片月低，依稀鄉國夢中迷。
世間何物催人老？半是雞聲半馬啼。

茅簷—茅草蓋的屋頂。
雞聲—一日的開始。
馬啼—奔波。

偶然作

屈復

百金買駿馬，千金買美人。
萬金買高爵，何處買青春？

青春——千金難買寸光陰。

春草

沈德潛

輕煙滿地送征驂，一色茸茸染蔚藍。
不是柳條縈別恨，已牽魂夢到江南。

征驂—遠行的車馬。
茸茸—柔密叢生的樣子。
蔚藍—指天空。
縈—纏繞。
江南—指作者家鄉蘇州一帶。

雨泊話舊

沈德潛

寒雨蕭蕭夜打篷，篷窗相對一燈紅。
十年無限存亡感，并入空江話雨中。

蕭蕭——秋雨聲。
相對——指作者與友人相對而坐。
話雨中——雨中話舊。

出關

徐蘭

憑山俯海古邊州，旆影風翻見戍樓。
馬後桃花馬前雪，出關爭得不回頭？

憑山俯海——靠山向海。
旆——旌旗，戰事用的軍旗。
戍樓——守邊軍士用來遠望的高樓。

墨竹圖題詩

鄭燮

衙齋臥聽蕭蕭竹，疑是民間疾苦聲。
些小吾曹州縣吏，一枝一葉總關情。

臥聽—作者妙筆。身閒而心碌，仍不忘聽取苦難。

一枝一葉—言不捨人民微細之苦。

竹石

鄭燮

咬定青山不放鬆，立根原在破巖中。
千磨萬擊還堅勁，任爾東西南北風。

破巖—有縫隙的岩石。

任—任憑。

爾—你。

寄松風上人

鄭燮

豈有千山與萬山，別離何易來何難。
一日一日似流水，他鄉故鄉空倚闌。
雲補斷橋六月雨，松扶古殿三時寒。
筍脯茶油新麥飯，幾時猿鶴來同餐。

倚闌——憑靠在欄干上。多用於遠望思鄉。

筍脯——筍乾。

題金廷標琵琶行圖

愛新覺羅弘曆

船隱蘆洲不見人，四弦風送到江濱。
主賓僮僕齊傾耳，寫出尋聲暗問神。

金廷標—乾隆時宮廷畫師，工人物、山水。
琵琶行—唐白居易貶江州，與京都琵琶女相遇，聽其樂聲抒懷。
愛新覺羅弘曆—為清代入關來第四位皇帝，年號為乾隆，勵精圖治，為中國在位最久的皇帝。
四弦—此指琵琶聲。

紅樓夢詩作【其一】

曹雪芹

浮生著甚苦奔忙，盛席華筵終散場。
悲喜千般同幻渺，古今一夢盡荒唐。
漫言紅袖啼痕重，更有情癡抱恨長。
字字看來皆是血，十年辛苦不尋常。

浮生—《莊子．刻意》：「其生若浮，其死若休。」指人世如在大海浮沉無定，聚散無常。

著甚—為何。

漫言—勿道。

紅袖啼痕—古來女子為情所苦。

「更有」句—寫亦有男子癡情為愛而長存憾恨者。指男女相互愛戀酬償感情。

「字字」句—《紅樓夢》是曹氏自傳懺情，嘔心瀝血之作，寫人世如夢幻化，情真意切生命的感悟。

紅樓夢詩作【其二】

曹雪芹

滿紙荒唐言，一把辛酸淚。
都云作者癡，誰解其中味。

荒唐—荒謬不合常理。
癡—無來由的愛戀與執著。
解—理解、體會。

西施

曹雪芹

一代傾城逐浪花，吳宮空自憶兒家。
效顰莫笑東村女，頭白溪邊尚浣紗。

逐浪花—離鄉至吳地。

「效顰」句—指東施仿效西施蹙眉，雖不若西施美麗，但卻可常保壽命浣紗到老。

好了歌

曹雪芹

世人都曉神仙好，唯有功名忘不了。
古今將相在何方，荒塚一堆草沒了。
世人都曉神仙好，只有金銀忘不了。
終朝只恨聚無多，及到多時眼閉了。
世人都曉神仙好，只有嬌妻忘不了。
君生日日說恩情，君死又隨人去了。
世人都曉神仙好，只有兒孫忘不了。
癡心父母古來多，孝順兒孫誰見了。

將相—文武官員的通稱，亦為功名的代稱。

荒塚—廢棄的墳墓。

代別離

◎秋窗風雨夕

曹雪芹

秋花慘淡秋草黃，耿耿秋燈秋夜長。
已覺秋窗秋不盡，那堪風雨助淒涼！
助秋風雨來何速？驚破秋窗秋夢綠。
抱得秋情不忍眠，自向秋屏移淚燭。
淚燭搖搖爇短檠，牽愁照恨動離情。
誰家秋院無風入？何處秋窗無雨聲？
羅衾不奈秋風力，殘漏聲催秋雨急。
連宵脈脈復颼颼，燈前似伴離人泣。

秋窗風雨夕—此為《紅樓夢．第四十五回》中林黛玉所吟詠的作品，因哀悽秋景，讓孤苦無依的孤弱少女更加傷心徬徨。

耿耿—燈光明亮的樣子，又有掛懷不安之意。

爇—燃燒。

短檠—短小的燈架。

羅衾—絲綢被褥。

寒煙小院轉蕭條，疏竹虛窗時滴瀝。
不知風雨幾時休，已教淚灑窗紗溼。

滴瀝——水滴聲。

葬花吟

曹雪芹

花謝花飛花滿天，紅消香斷有誰憐？
遊絲軟繫飄春榭，落絮輕沾撲繡簾。
閨中女兒惜春暮，愁緒滿懷無釋處。
手把花鋤出繡簾，忍踏落花來復去。
柳絲榆莢自芳菲，不管桃飄與李飛。
桃李明年能再發，明年閨中知有誰？
三月香巢已壘成，樑間燕子太無情！
明年花發雖可啄，

葬花吟—此為《紅樓夢・第二十七回》中林黛玉所吟詠。

榭—建在高土臺或水面（或臨水）上的的建築。

榆莢—榆樹在春季結成的果實。

卻不道人去樑空巢也傾。

一年三百六十日，風刀霜劍嚴相逼。
明媚鮮妍能幾時，一朝漂泊難尋覓。
花開易見落難尋，階前愁殺葬花人。
獨倚花鋤淚暗灑，灑上空枝見血痕。
杜鵑無語正黃昏，荷鋤歸去掩重門。
青燈照壁人初睡，冷雨敲窗被未溫。
怪奴底事倍傷神？半為憐春半惱春。
憐春忽至惱忽去，至又無言去未聞。
昨宵庭外悲歌發，知是花魂與鳥魂？

「風刀」句—秋景蕭條。

妍—美麗。

殺—極、甚。

荷—背負。

青燈—光線青熒的油燈，借指清苦的生活。

奴—自謙詞。

花魂鳥魂總難留，鳥自無言花自羞。
願儂此日生雙翼，隨花飛到天盡頭。
天盡頭，何處有香丘？
未若錦囊收豔骨，一抔淨土掩風流。
質本潔來還潔去，強於汙淖陷渠溝。
爾今死去儂收葬，未卜儂身何日喪？
儂今葬花人笑癡，他年葬儂知是誰？
試看春殘花漸落，便是紅顏老死時。
一朝春盡紅顏老，花落人亡兩不知！

儂—吳語表第一人稱，我。

香丘—香山。佛教中受庇護，香氣繚繞的淨土。

抔—用雙手捧物，指土量。

卜—占卜，預料。

癡—癡傻。

仿元遺山論詩

袁枚

天涯有客號詩癡，誤把抄書當作詩。

抄到鍾嶸詩品日，該他知道性靈時。

客——翁方綱，以考據用典為詩。

詩癡——無才而好誇的人。

詩品——南朝詩學批評專著，除品論漢魏詩風，旨在闡明詩為心聲，從感悟而發。

性靈——人性靈魅精明處，為詩作的活水源頭。

詠小松

袁枚

階庭三尺小松樹，待長龍鱗歲月間。
霰雪紛紛冰齒齒，一尊對汝氣如山。

龍鱗—松樹皮老作龍鱗狀。作者以松自喻其德，以龍自許其志。

霰—冰雹。

齒—狀冰雪外型如齒參差。

寄聽娘

袁枚

一枝花對足風流，何事人間萬戶侯？
生把黃金買離別，是儂薄倖是儂愁。

聽娘─作者寵妾方聽娘。
一枝花─形容聽娘貌美如花。
足─足夠，已能滿足。
風流─風光、榮耀。
何事─為何。有貶斥之意。
生─硬，副詞。
買離別─作者即將要離開聽娘去做官。
薄倖─薄情、負心。

馬嵬

袁枚

莫唱當年長恨歌，人間亦自有銀河。
石壕村中夫妻別，淚比長生殿上多。

長恨歌—唐白居易詩作，內容描寫唐玄宗與楊貴妃相愛別離的感情。

「人間」句—作者打破雅俗貴賤的藩籬，寫出世代離亂下愛情普遍樣態。

石壕—唐代杜甫曾作〈石豪吏〉哀憫戰時家庭破碎離散的悲哀。

「淚比」句—「多」字目的在引人反思：人間的至情與苦難不因富貴增一分，也不因貧賤減一分。

遣興

袁枚

但肯尋詩便有詩，靈犀一點是吾師。
夕陽芳草尋常物，解用都為絕妙詞。

靈犀—相傳為犀牛角地的斑紋，能有所感應，比喻精神能與外境感通。

尋常—物象本無別，因人心而有美醜優劣。

絕妙—詩人能道出常人所不能道者是為「絕妙」。

苔

白日不到處，青春恰自來。
苔花如米小，也學牡丹開。

袁枚

不到處——此處無日照。

青春恰自來——苔蘚的蓬勃生命力，是自己突破困境創造出來的。

一字詩

紀昀

一帆一槳一孤舟，一個漁翁一釣鉤。
一俯一仰一場笑，一江明月一江秋。

紀昀—字曉嵐，常以紀曉嵐之名出現在民間故事中，為乾隆年間的著名文學家，文思敏捷，才學豐富，為《四庫全書》的總編纂官。

「一」字—在單純中見繁複，亦能收攝亦能開展萬物。

讀昌黎詩

蔣士銓

巖巖氣象雜悲歌，浩氣難平為肯磨。
自古風騷皆鬱勃，人生不得意時多。

巖巖—形容韓愈詩作有高偉肅穆的人格氣象。

「浩氣」句—如孟夫子儒者充塞天地的剛直正氣，豈能被些微考驗所消磨。

鬱勃—志向難申，壅結難平的情懷。

「人生」句—注意斷句解意應是「人生不得」，所求不得乃人生常態，故胸懷常有「鬱勃」之意。

題王石谷畫冊

蔣士銓

不寫晴山寫雨山，似呵明鏡照煙鬟。
人間萬象模糊好，風馬雲車便往還。

煙鬟—山間雲氣裊裊，狀如髮鬟。

模糊好—精明應世反吃其虧，故宜模糊以對。

風馬雲車—作者從畫作中領悟人事如風雲變態無常，隨緣應物。

往還—來回，喻人世往來。

漂母祠

蔣士銓

婦人之仁偶然爾，不遇韓侯何足齒？
鬼神默相飯王孫，齊王不死楚王死。
千金之報直一錢，老母廟食今猶傳。
丈夫簞豆形諸色，餓殍紛紛亦可憐。

漂母祠—位於江蘇的古運河堤旁，為紀念曾給韓信飯食的漂母。

默相—暗中幫助。

千金之報—後韓信報恩，以千金為報。

直—價值。

簞豆—一簞飯食，一豆羹湯。謂少量飲食。亦以喻小利。《孟子・盡心下》：「好名之人能讓千乘之國，苟非其人，簞食豆羹見於色。」指現今的有志之士連微薄的飲食都無望獲得。

殍—餓死的人。

赤壁

趙翼

依然形勝扼荊襄，赤壁山前故壘長。
烏鵲南飛無魏地，大江東去有周郎。
千秋人物三分國，一片山河百戰場。
今日經過已陳跡，月明漁父唱滄浪。

形勝—地勢優越。
扼—控制。
壘—堡壘。
烏鵲南飛—曹操曾作〈短歌行〉以烏鵲南飛表達求才之情。
周郎—周瑜。
滄浪—〈滄浪歌〉：「滄浪之水清兮，可以濯我纓；滄浪之水濁兮，可以濯我足。」

題元遺山詩

趙翼

身閱興亡浩劫空，兩朝文獻一衰翁。
無官未害餐周粟，有史深愁失楚弓。
行殿幽蘭悲夜火，故都喬木泣秋風。
國家不幸詩家幸，賦到滄桑句便工。

「**身閱**」句—元好問經歷金元兩朝交替變異。

「**兩朝**」句—元好問廣泛蒐集整理金元文獻，且對詩文源流有精道的見解。

無官—元好問入元不仕。

未害餐周粟—引用伯夷、叔齊面對商朝覆滅餓死首陽山典故，說明元好問不因金滅而人亡。

「**有史**」句—《孔子家語》：「楚人失弓，楚人得之，又何求焉？」作者反用歷史典故，說明深怕有金一代的歷史文獻有所散失。

行殿幽蘭—金國宮殿不復繁華已為陳跡。

夜火—鬼火，指故人多隨國滅身葬，復為骨磷火燃。

「國家」句—歌舞昇平時，詩多頌辭。人性的幽微光輝反而在時代黑暗時方得照見。

「賦到」句—如蓮花出淤泥而不染，正同詩歌為詩人在滄桑中寄託光明而作，光明能驅黑暗而不壞於黑暗。

論詩【二首】

趙翼

其二

李杜詩篇萬口傳，至今已覺不新鮮。
江山代有才人出，各領風騷數百年。

李杜—唐宋以降，詩學非崇李白則推杜甫，追摹尚古。

風騷—《詩經》與《楚辭》，為文學源流，此指文壇潮流。作者主張一代有一代的特色。不必尊古賤今。

其三

隻眼須憑自主張，紛紛藝苑漫雌黃。

矮人看戲何曾見，都是隨人說短長。

隻眼—獨眼，比喻片面的見解。

藝苑—戲院。

漫—隨意。

雌黃—礦物。古時多用來塗改文字。此指隨意更改捏造。

短長—因矮人見識淺薄無定見，只能跟著大眾意見隨波逐流。

榕樹樓晚眺

李秉禮

高閣登臨快晚晴，好風吹送葛衣輕。
雲中古寺疏鍾動，樹里斜陽遠岫明。
被岸軟沙眠乳犢，蘸波垂柳囀流鶯。
歸途緩踏溪橋月，何處漁舟短笛橫。

快晴—天氣晴朗舒爽。
葛衣—葛布製成的衣服。
遠岫—遠方的山巒。
乳犢—小牛。
蘸波—形容柳絲輕觸水面產生的波紋。

雜感

黃景仁

仙佛茫茫兩未成，只知獨夜不平鳴。
風蓬飄盡悲歌氣，泥絮沾來薄倖名。
十有九人堪白眼，百無一用是書生。
莫因詩卷愁成讖，春鳥秋蟲自作聲。

仙佛—修仙成佛。此乃激憤語，實指建功立業。

風蓬—風中蓬草，喻飄零的身世。

泥絮—沾泥的柳絮。

薄倖—原指薄情負心。此指改變原來的壯懷。

白眼—露出眼白，表示鄙薄之意。

讖—指詩讖，即詩中某些文辭有惡兆。

綺懷【二首】

黃景仁

其十五

幾回花下坐吹簫，銀漢紅牆入望遙。
似此星辰非昨夜，為誰風露立中宵。
纏綿思盡抽殘繭，宛轉心傷剝後蕉。
三五年時三五月，可憐杯酒不曾消。

綺懷—如絲絹般柔美夢幻的情懷，寫男女的愛戀之情。

銀漢紅牆—用銀河和紅牆比喻自己和表妹被相隔。

「似此星辰」句—化用李商隱〈無題〉：「昨夜星辰昨夜風，畫樓西畔桂堂東」。

「為誰風露」句—化用高啟〈蘆雁圖〉：「沙闊水寒魚不見，滿身風露立多時」。

風露—風中的露水。

中宵—半夜。此句意為久立到半夜，身上沾滿露水。

後蕉—此處芭蕉帶有幽怨的意思。

其十六

露檻星房各悄然，江湖秋枕當遊仙。
有情皓月憐孤影，無賴閒花照獨眠。
結束鉛華歸少作，屏除絲竹入中年。
茫茫來日愁如海，寄語羲和快著鞭。

「**江湖**」句—指夢境隨情思遊蕩四方。

「**有情**」句—皓月無情唯人有情，顧影自憐乃初時戀愛浪漫多情的象徵。

鉛華—女子粉妝，指作者少時的爛漫詩作與情懷。

「**屏除**」句—理性現實無可樂者的寫照，除卻心所愛者，青春所追尋的意義悄然落空。

「**寄語**」句—寫感情寄託無望後生命意義的失落與掙扎。古時多嘆人壽苦短，作者反道來日苦悶無盡如海，寫罄生無可戀的煢煢悲哀。

羲和—神話傳說中為太陽駕車的神。

秋夕

黃景仁

桂堂寂寂漏聲遲，一種秋懷兩地知。
羨爾女牛逢隔歲，為誰風露立多時？
心如蓮子常含苦，愁似春蠶未斷絲。
判逐幽蘭共頹化，此生無分了相思。

判—同「拚」。
頹化—形容花朵凋謝。
無分—沒有緣份、希望。
了—了結、完結，意即此生相思不絕。

別老母

黃景仁

搴帷拜母河梁去，白髮愁看淚眼枯。

慘慘柴門風雪夜，此時有子不如無。

搴帷—撩起帳幕。

「**白髮**」句—視角非從子轉母，母子相知情深，言子不忍探看，此情景是料想語。

「**此時**」句—正當風雪嚴寒，卻留老母孤身而去，為詩人自責不孝之語。

冬日過西湖

黃景仁

湖上群山對酒尊，無山無我舊吟魂。
不須剪紙招魂去，留伴梅花夜月痕。

貴州風雲洞題壁

宋湘

我與青山是舊遊，青山能識舊人否。
一般九月秋紅葉，兩個三年客白頭。
天上紫霞原幻相，路邊泉水亦清流。
無心出岫憑誰語，僧自撞鐘風滿樓。

無心出岫——岫，山峰。原意指雲在山峰間飄蕩，自由自在而不勉強。用來比喻任憑自然而無心機。陶潛〈歸去來辭〉：「雲無心以出岫，鳥倦飛而知還。」

入洞庭

宋湘

客自長江入洞庭，長江回首已冥冥。
湖中之水大何許，湖上君山終古青。
深夜有神觴正則，孤舟無酒酹湘靈。
燈前欲讀悲秋賦，又怕魚龍跋浪聽。

冥冥—幽暗不清。
正則—屈原在〈離騷〉中名正則字靈均，作者藉此追思屈原。
酹—用酒灑地祭祀。
湘靈—傳說娥皇、女英自溺於湘江，化為湘水之神，稱為「湘靈」。
跋浪—乘浪。

醉後口占

張問陶

錦衣玉帶雪中眠，醉後詩魂欲上天。
十二萬年無此樂，大呼前輩李青蓮！

錦衣玉帶—形容官服，時作者已為官。
詩魂—實指詩情。
十二萬年—佛教傳說，彌勒佛住世有六萬年，入滅圓寂後正法亦有六萬年，總共十二萬年。此極言時間長久。
李青蓮—唐代詩人李白，號青蓮居士，故稱李青蓮。李白善飲能詩，所謂「斗酒詩百篇」。

吳興雜詩

阮元

交流四水抱城斜，散作千溪遍萬家。
深處種菱淺種稻，不深不淺種荷花。

夏日雜詩

陳文述

水窗低傍畫欄開，枕簟蕭疏玉漏催。
一夜雨聲驚到夢，萬荷葉上送秋來。

枕簟—枕蓆。
玉漏—計算時間的用具。

新雷

張維屏

造物無言卻有情，每於寒盡覺春生。

千紅萬紫安排著，只待新雷第一聲。

千紅萬紫─春日百花。

新雷─春天的雷，通常第一聲代表春天到來。現也常指改革運動的第一步。

論詩絕句【其二】

姚瑩

辛苦十年摹漢魏，不知何故遠風騷。
而今悟得興觀旨，枉向凡禽覓鳳毛。

摹——仿效。
遠——不及，比不上。
風騷——《詩經．國風》與《楚辭．離騷》，詩學抒情言志的精髓代表。
興觀——感情的興發與世情的觀察。
「枉向」句——作詩貴在緣事而發，而非閉門造情，體悟生活即為詩。

赴戍登程口占示家人

林則徐

力微任重久神疲，再竭衰庸定不支。
苟利國家生死以，豈因禍福避趨之。
謫居正是君恩厚，養拙剛於戍卒宜。
戲與山妻談故事，試吟斷送老頭皮。

苟—如果。

生死以—以生死，用生死去付出。

謫—被貶官。

養拙—韜光養晦。

戍卒—守衛的士卒。

山妻—謙稱妻子。

故事—宋隱士楊朴受真宗召見，真宗問楊朴臨行時是否有人贈詩，楊朴回答說：「唯臣妻有一首云：『更休落魄耽杯酒，且莫猖狂愛詠詩。今日捉將官裡去，這回斷送老頭皮。』」真宗大笑，放楊朴回山。

己亥雜詩【四首】

龔自珍

其五

浩蕩離愁白日斜，吟鞭東指即天涯。
落紅不是無情物，化作春泥更護花。

浩蕩離愁——廣闊無邊的離愁。
吟鞭——詩人的馬鞭。
落紅——落花。
春泥——喻平民百姓。
花——喻朝廷、國家。

其一百三十

陶潛酷似臥龍豪，萬古潯陽松菊高。

莫信詩人竟平淡，二分梁甫一分騷。

臥龍──諸葛亮。

潯陽──陶潛籍貫。

松菊高──品格像松菊般高潔。

「莫信」──言陶詩蘊有如諸葛亮、屈原般報效國家的情懷，不是一般的隱逸詩。

梁甫──即梁甫吟，樂府曲調名，相傳諸葛亮好吟此曲。

騷──屈原所作的離騷。

其一百七十

少年哀樂過於人，歌泣無端字字真。
既壯周旋雜癡黠，童心來復夢中身。

無端──形容性情真切，情感自然而發。

既壯──已經成年。

周旋──世務的應對進退。

癡黠──在人世的執迷與所表現的智聰，喻有聰無慧。

童心──純樸無染的赤子之心。

其二百二十

龔自珍

九州生氣恃風雷，萬馬齊喑究可哀。
我勸天公重抖擻，不拘一格降人才。

九州—天下。
生氣—生氣勃勃。
恃—憑藉。
喑—沉默。
究—畢竟。
天公—上位者。
抖擻—振作精神。
降—降生，指給予人才施展的機會。

題紅禪室詞尾

龔自珍

不是無端悲怨深，直將閱歷寫成吟。

可能十萬珍珠字，買盡千秋女兒心？

紅禪室詞—為作者詞集名，後改為《無著詞》。

無端—無緣無故。

吟—指詩詞作品。

珍珠字—喻詩詞文字如珠璣，十分珍貴。

買盡—即贏盡。

送南歸者

龔自珍

布衣三十上書回，揮手東華事可哀。
且買青山且鼾臥，料無富貴逼人來。

布衣—平民，作者友人。

回—回絕，上書不被採用。

「且買」二句—典自《世說新語·排調》：「支道林因人就深公買印山，深公答曰：『未聞巢、由買山而隱。』」朋友因於仕途受挫，故勸朋友可仿終南捷徑買山求隱，但笑稱鼾臥即可，因為朋友不受重用，不會有富貴「逼」他出山。

秋心【其一】

龔自珍

秋心如海復如潮，但有秋魂不可招。
漠漠鬱金香在臂，亭亭古玉佩當腰。
氣寒西北何人劍，聲滿東南幾處簫。
斗大明星爛無數，長天一月墜林梢。

秋心——蒼涼傷感的心情。
漠漠——香氣彌漫。
劍、簫——君子象徵物。
明星——才小的人物當道。
月墜——真正的才士反而淪落。

西郊落花歌

龔自珍

西郊落花天下奇，古人但賦傷春詩。
西郊車馬一朝盡，
定庵先生沽酒來賞之。
先生探春人不覺，先生送春人又嗤。
呼朋亦得三四子，出城失色神皆痴。
如錢塘潮夜澎湃，如昆陽戰晨披靡。
如八萬四千天女洗臉罷，
齊向此地傾胭脂。

但—只。

一朝盡—鮮少人欣賞落花，一個早上人潮便走光了。

定庵先生—作者自稱。

痴—癡迷忘神。

昆陽戰—漢劉秀（漢光武帝）在昆陽以三千精兵擊敗王莽王莽四十萬大軍。以浩瀚軍勢形容落花之磅礡震撼。

奇龍怪鳳愛漂泊，
琴高之鯉何反欲上天為？
玉皇宮中空若洗，
三十六界無一青蛾眉。
又如先生平生之憂患，
恍惚怪誕百出無窮期。
先生讀書盡三藏，
最喜維摩卷裡多清詞。
又聞淨土落花深四寸，
瞑目觀賞尤神馳。

三藏——佛教典籍的統稱。

維摩卷——指《維摩詰所説經》，天女散花的故事就出自這本佛經。

神馳——精神沉醉其中。

西方淨國未可到，下筆綺語何漓漓！
安得樹有不盡之花更雨新好者，
三百六十日長是落花時。

綺語—美麗的詞語。
漓漓—文辭滔滔不絕。
「安得」二句—既表達了詩人對佛國落花奇景的留戀與嚮往，也表達了他對人間落花景象的追求和渴望。

送凌十一歸長沙

曾國藩

昨日微雨送殘秋，落葉東西隨水流。
世間萬事皆前定，行止遲速非自由。
謀道謀食兩無補，只有足跡遍九州。
一杯勸君且歡喜，丈夫由來輕萬里。

九州—泛指中國全境。
「丈夫」句—丈夫，大丈夫。由來，向來。表示兩人間情誼深厚，不須在乎距離之遠。

沅圃弟四十一初度

曾國藩

左列鍾銘右謗書，人間隨處有乘除。
低頭一拜屠羊說，萬事浮雲過太虛。

沅圃弟—為作者弟弟曾國荃，此詩是曾國藩為慶弟弟四十一歲誕辰做的贈詩之一。

鍾銘、謗書—鍾上的銘文和謗書，意榮譽和詆毀，位高權重者難免評價兩極、褒貶不一。

乘除—此指人世的榮衰消長。

屠羊說—典自《莊子・讓王》，為報父兄之仇的伍子胥率吳國攻打楚國，楚王喪失國土，其子楚昭王即位後流亡在外，從事屠羊工作的屠羊說也隨國君逃亡，後楚昭王返回國都，想嘉獎當初隨他流亡的臣子，屠羊說三度拒絕授官封賞。曾國藩建議弟弟像屠羊說一樣低調做人。

定乾坤詩

洪秀全

龍潛海角恐驚天，暫且偷閒躍在淵。
等待風雲齊聚會，飛騰六合定乾坤。

乾坤—運用《易經》卦象中的乾坤申明志向。

龍潛—引自〈乾・初九〉：「潛龍勿用，陽在下也。」仍在潛伏養精蓄銳，時機未到。

躍在淵—引自〈乾・九四〉：「或躍在淵，無咎。」騰躍或潛伏皆可，只待良好時機。

風雲聚會—賢人名士皆聚集為時所用。

飛騰—引自〈乾・九五〉：「飛龍在天，利見大人」。

六合—上下和東西南北，泛指天地。

曉窗

魏源

少聞雞聲眠，老聽雞聲起。
千古萬代人，銷磨數聲裡。

老聽雞聲起——用《晉書・祖逖傳》「聞雞起舞」之典。

恭誦左公西行甘棠

楊昌濬

大將西征人未還，湖湘子弟滿天山。
新栽楊柳三千里，引得春風度玉關。

左公—即左宗棠，湘南人，為著名清朝將領，曾參與平定太平天國運動、陝甘回變和收復新疆等重要事件。

楊柳三千里—左公率湖湘子弟西征時種下整排柳樹，後人稱「左公柳」。

菊花

黃體元

平生肯受雪霜欺，誰向東籬認故枝。
三徑有人誇送酒，重陽無處不題詩。
生成傲骨秋方勁，嫁得西風晚更奇。
寄語群芳休側目，何曾爭汝豔陽時。

三徑—比喻隱士居處。
重陽—重陽節為農曆九月九日，正是秋季菊花開時，故多有題詩。
寄語—傳話、轉達。
爭—菊花自享芬芳，不與世俗共爭名利。

村居

高鼎

草長鶯飛二月天，拂堤楊柳醉春煙。
兒童散學歸來早，忙趁東風放紙鳶。

散學——放學。
紙鳶——風箏。

離台詩【其一】

丘逢甲

宰相有權能割地，孤臣無力可回天。

扁舟去作鴟夷子，回首河山意黯然。

鴟夷子——春秋時范蠡因自稱鴟夷子皮，故後人稱為「鴟夷」。破吳國後乘扁舟，歸隱遨遊五胡。

春愁

丘逢甲

春愁難遣強看山，往事驚心淚欲刪。
四百萬人同一哭，去年今日割臺灣。

強看山——強打精神遙望故鄉。

往事——指光緒二十一年（西元一八九五年）三月二十三日，清廷與日本簽訂《馬關條約》，割讓臺灣給日本。

四百萬人——當時臺灣人口合閩、粵籍約四百萬。

去年今日——即光緒二十一年三月二十三日。

出都留別諸公

康有為

天龍作騎萬靈從，獨立飛來縹緲峰。
懷抱芳馨蘭一握，縱橫宙合霧千重。
眼中戰國成爭鹿，海內人才孰臥龍。
撫劍長號歸去也，千山風雨嘯青鋒。

爭鹿—比喻戰爭奪權，意同逐鹿天下。當時中國被列強虎視眈眈，國事飄搖。

「撫劍」句—號，大聲哭嚎。化用〈馮諼客孟嘗君〉故事，馮諼投自孟嘗君帳下，卻不被重視，三次彈擊長劍歌曰：「長鋏歸來乎！」康有為曾於光緒十四年上書建議變法圖強，卻不被採用，故於同年離京。

「千山」句—寶劍不甘被埋沒，仍在風雨中發出長鳴。自喻變法失敗後心鬱難平，仍渴求能一展長才的雄心壯志。

有感一章

譚嗣同

世間無物抵春愁，合向蒼冥一哭休。
四萬萬人齊下淚，天涯何處是神州？

有感—此詩寫於光緒二十三年，清廷已將台灣及遼東半島割讓給日本，有感而作。

抵—抵消。

合向蒼冥—應該向著蒼天。

四萬萬人—指當時全中國人口。

「天涯」句—指中國主權已喪失。

獄中題壁

譚嗣同

望門投止思張儉，忍死須臾待杜根。
我自橫刀向天笑，去留肝膽兩崑崙。

「望門」句—意指康有為於戊戌變法失敗後潛逃出京，使人想起東漢的張儉。望門投止，逃難或出奔時，見有人家就去投宿，求得暫時存身。

「忍死」句—意指要如忍死求生的杜根一樣等待東山再起。杜根，東漢人，因要求鄧后歸權給安帝遭撲殺但未死，後隱身酒店，待鄧后被誅，杜根復官。此以杜根喻俠客大刀王五。

去—離開的，指康有為。

留—留下的，指大刀王五。

肝膽—比喻去留者與自己都是肝膽一樣密切的同志。

兩崑崙—指康、王都是像崑崙山一樣巍然屹立的豪傑。

讀陸放翁集

梁啟超

詩界千年靡靡風，兵魂銷盡國魂空。
集中十九從軍樂，亙古男兒一放翁。

放翁—陸游號放翁。

靡靡—柔弱，萎靡不振。

兵魂銷盡—指將士不畏犧牲的鬥志被消磨殆盡。

國魂空—指民族精神喪失。

十九—十分之九。

從軍樂—指所抒發的抗金豪情。

歸舟見月

梁啟超

瀛海團團月，相望幾百回。
即看桂影瘦，長是露中開。
照夢成深憶，窺愁又獨來。
十年往還路，為汝一徘徊。

光緒二十四(1898)年，梁啟超變法失敗逃往日本，但仍在日本及各地創立「維新會」，致力鼓吹革命。1911年革命成功，滿清政權的結束，讓在國外漂流十幾年的梁啟超百感交集，月既代表故國，也代表對光緒皇帝的孺慕情感，從心底泛起對家國的憂思，與月緊密連結。

對酒

秋瑾

不惜千金買寶刀，貂裘換酒也堪豪。
一腔熱血勤珍重，灑去猶能化碧濤。

貂裘換酒—以貂皮製成的衣裘換酒喝。多用來形容名士或富貴者的風流放誕和豪爽。

碧濤—用《莊子・外物》典：「萇弘死於蜀，藏其血，三年而化為碧。」萇弘是周朝的大夫，忠於祖國，遭奸臣陷害，自殺於蜀，當時的人把他的血用石匣藏起來，三年後化為碧玉。後世多以碧血指烈士流的鮮血。

黃海舟中日人索句並見日俄戰爭地圖

秋瑾

萬里乘雲去復來，隻身東海挾春雷。
忍看圖畫移顏色，肯使江山付劫灰。
濁酒不銷憂國淚，救時應仗出群才。
拚將十萬頭顱血，須把乾坤力挽回。

隻身東海—指單身乘船渡海。挾春雷：形容胸懷革命理想，為使祖國獲得新生而奔走。春雷，春天的雷聲可使萬物甦醒，故此處有喚醒民眾之意。
忍看—「怎忍看」的省略。
圖畫—指割給日本的中國地圖。
移—改變。
肯使—「哪肯使」的省略。
劫灰—災難後化成灰燼。
銷—消除。

日人石井君索和即用原韻

秋瑾

漫雲女子不英雄，萬里乘風獨向東。
詩思一帆海空闊，夢魂三島月玲瓏。
銅駝已陷悲回首，汗馬終慚未有功。
如許傷心家國恨，那堪客裡度春風。

詩思—寫詩的思路。
三島—日本。
玲瓏—明亮透徹。
銅駝—古代立於宮門之外，此借指朝廷。
客裡度春風—身在異鄉過年節。

本事詩【二首】

蘇曼殊

其一

烏舍凌波肌似雪，親持紅葉索題詩。
還卿一缽無情淚，恨不相逢未剃時。

烏舍—作者原注：「梵土相傳，神女烏舍監守天閽，侍宴諸神。」此喻日本歌伎百助。
凌波—形容女子步履輕盈。
紅葉索題詩—引唐時女詩人韓采蘋事。此說明百助請作者題詩表達愛情。
卿—對百助的愛稱。
無情淚—形容無法接受與表達愛情，只能流淚，故曰「無情」。
「恨不相逢」句—化用張籍〈節婦吟〉：「還君明珠雙淚垂，恨不相逢未嫁時。」
未剃時—未削髮為僧時。

其二

春雨樓頭尺八簫，何時歸看浙江潮？
芒鞋破鉢無人識，踏過櫻花第幾橋？

尺八簫——以追憶過往音聲，往昔如春雨迷離，朦朧似煙。

第幾橋——不知身處何處，更無論歸處。言天地飄渺，心緒茫然。

【人人文庫】

人人出版社《人人文庫》系列，
將中國經典小說化為閱讀輕享受，
邀您一同悠遊書海，
品味閱讀饗宴。

看大觀園
歌舞昇平，繁華落盡
紅樓夢套書（8冊）特價 1200 元

看三國英雄
群雄爭鋒，機關算盡
三國演義套書（6冊）特價 900 元

看西遊師徒
神魔相鬥，千里取經
西遊記套書（5冊）特價 1000 元

看水滸好漢
肝膽相照，豪氣萬千
水滸傳套書（6冊）特價 1200 元

看風流富貴
豪門慾海，終必生波
金瓶梅套書（5冊）特價 1200 元

看神鬼狐妖
幽默諷刺，刻畫人世
聊齋誌異選（上/下冊）各 250 元

輕，好攜帶
國內文庫版最大突破，
使用進口日本文庫專用紙。
讓厚重的經典變輕薄，
讓閱讀不再是壓力。

小，好掌握
口袋型尺寸一手可掌握，
方便攜帶。

新，好閱讀
打破傳統思維，
內容段落分明，
如編劇一般對話精彩而豐富。
讓古典文學走入現代，
不再高不可攀。

國家圖書館出版品預行編目（CIP）資料

化作春泥更護花：宋元明清詩選 / 盧佳麟
編選. -- 第一版. -- 新北市：人人, 2020.06
面；公分. --（人人讀經典系列；23）
ISBN 978-986-461-216-1（精裝）

831　　109006338

【人人讀經典系列 23】

化作春泥更護花

宋元明清詩選

編選 / 盧佳麟 · 周元白 · 林庭安
執行編輯 / 林庭安
發行人 / 周元白
出版者 / 人人出版股份有限公司
地址 / 231028 新北市新店區寶橋路 235 巷 6 弄 6 號 7 樓
電話 /（02）2918-3366（代表號）
傳真 /（02）2914-0000
網址 / www.jjp.com.tw
郵政劃撥帳號 / 16402311 人人出版股份有限公司
製版印刷 / 長城製版印刷股份有限公司
電話 /（02）2918-3366（代表號）
經銷商 / 聯合發行股份有限公司
電話 /（02）2917-8022
第一版第一刷 / 2020 年 6 月
定價 / 新台幣 250元
港幣 83 元